Cahiers Spiritual'été

# Le tarot

## LILITH TAROT



2021

ALLIANCE MAGIQUE ÉDITIONS

Éditions Alliance Magique

10, rue de Vidailhan
31130 Balma
FRANCE

https://www.alliance-magique.com

Retrouvez-nous sur les réseaux sociaux

Facebook @Alliance.Magique
Twitter @AllianceMagique
Instagram @alliancemagique



**Crédits :**

Direction éditoriale : Arnaud Thuly
Sous la direction de : Laura Garuet-Lempirou
Création graphique : Anaïs Cousinou
Mise en page : Alexis Baldassari
Correction : Anne-Laure Lajous et Clara Soupart
Illustrations couverture : Stéphanie Gras ; iStock/rungrote ; iStock/Anna_zabella


Un label du groupe Alliance Magique
ISBN : 978-2-36736-091-1
Dépôt légal : 2e trimestre 2021

# Sommaire

# Introduction

Salut, vous ! Bienvenue dans votre nouveau cahier **Spiritual'été** dédié au **tarot**.

Ce cahier conviendra tout autant à ceux qui ont utilisé le premier numéro l'été dernier qu'à ceux qui le découvrent cette année.

Dans ce nouveau volume, nous allons aborder l'apprentissage du tarot de manière différente.

Nous approfondirons certaines notions et révélerons des détails qui, anodins au premier abord, peuvent changer votre façon de lire et d'interpréter le tarot.

Pour vraiment profiter de ce cahier, il vaut mieux avoir quelques bases en matière de tarot.

Mais si vous débutez complètement, pas de panique : les premières leçons sont faites de révisions qui permettent aux plus aguerris de replonger dans le tarot et aux novices d'acquérir les notions nécessaires.

Mon objectif : que vous puissiez apprendre en vous amusant, vous détendre pendant l'été et aborder le tarot comme quelque chose de fun.

Vous trouverez donc beaucoup de **jeux** mais également de mises en situation et de tirages. Car, c'est en faisant qu'on apprend !

Je recommande vivement d'avoir sous la main (chez vous ou sur Internet) un tarot Rider-Waite-Smith classique.

Pourquoi ? Parce que nous allons évoquer des symboles précis que vous ne retrouverez peut-être pas sur des tarots créatifs modernes, car leurs auteurs et autrices ont choisi d'autres symboles.

Je vous conseille également de garder de quoi prendre des notes à portée de main lorsque vous étudiez le tarot, pour ne rater aucune révélation que vous pourriez avoir à propos des cartes.

# Chapitre 1

## Reprise toute douce

### Testez vos connaissances !

Démarrons ce cahier en douceur, comme le feraient les cahiers de vacances pour enfants, par un petit test de connaissance ! Histoire de se remettre petit à petit dans le bain après une séance bronzage assommante ! Promis, on commence gentiment…

| | Vrai | Faux |
|---|---|---|
| Vous devez vous faire offrir votre premier jeu de tarot. | ☐ | ☐ |
| Il existe un seul type de tarot. | ☐ | ☐ |
| Il y a 4 suites dans le tarot. | ☐ | ☐ |
| Les arcanes majeurs sont des cartes plus importantes que les autres. | ☐ | ☐ |
| Le tarot peut être appris par toutes et tous. | ☐ | ☐ |
| Les Pentacles sont la suite des émotions. | ☐ | ☐ |
| Les Épées sont la suite de l'air. | ☐ | ☐ |
| Les Coupes sont la suite du psychisme. | ☐ | ☐ |
| Les Bâtons sont la suite de l'intellect. | ☐ | ☐ |
| Les figures représentent toujours une personne dans un tirage. | ☐ | ☐ |
| Le Roi est la figure la plus forte. | ☐ | ☐ |

## 1 - Reprise toute douce

Reliez les points pour reproduire des symboles extraits des cartes. Indiquez ensuite de quelle carte est issue chaque image.

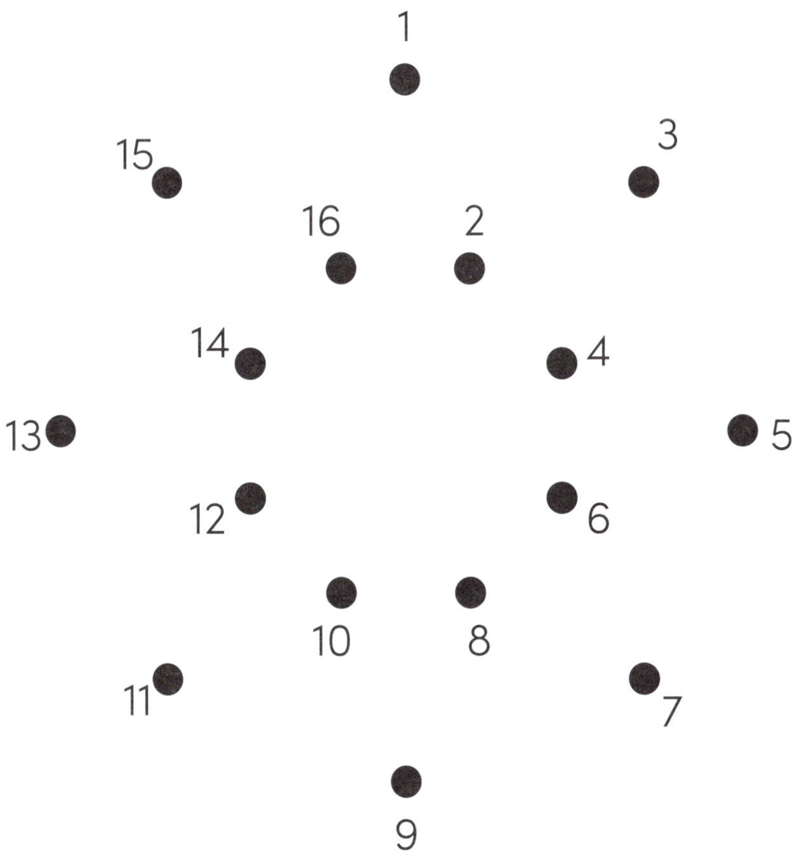


Figure 1 : issue de la carte..........................................................................

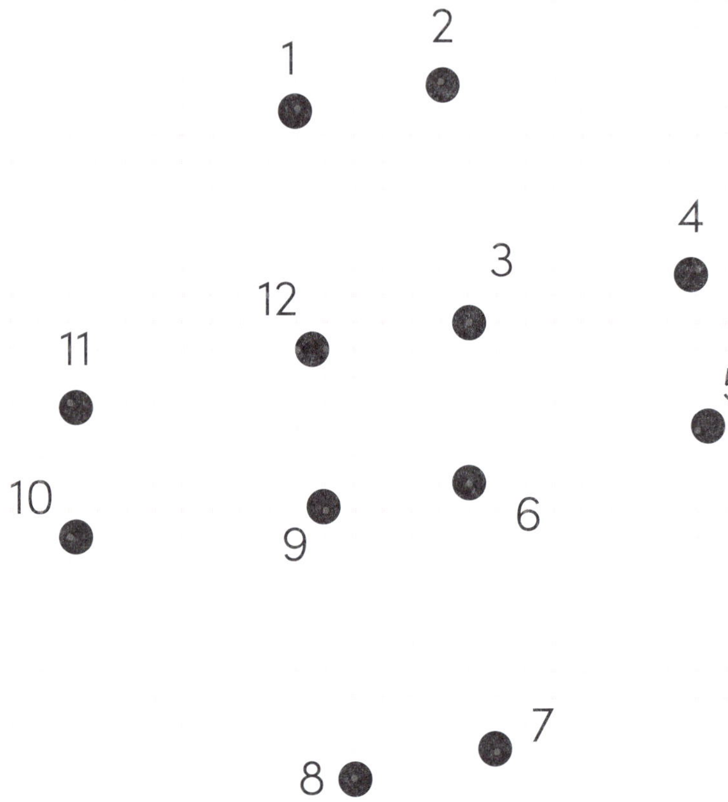


Figure 2 : issue de la carte..........................................................................

## Labyrinthe de la Reine de Pentacles

La Reine de Pentacles, très occupée par ses affaires, a oublié sa couronne chez elle. Elle en a besoin avant de se rendre au conseil des Reines, où l'attendent les Reines de Coupes, de Bâtons et d'Épées. Aidez-la pour qu'elle puisse siéger à l'heure.

# 1 - Reprise toute douce

# Chapitre 2

## Piqûre de rappel sur les suites

### Un peu de théorie…

Les suites représentent les quatre aspects de la vie incarnée et quotidienne.

**Les Bâtons** correspondent à l'aspect sexuel et créatif ; dans cette suite on parle de détermination, de passion, de feu sacré.

**Les Coupes** correspondent à la vie émotionnelle et psychique ; on y trouve des thématiques comme le rêve, les fantasmes, l'amour, le soin.

**Les Épées** nous emmènent dans le monde aiguisé du mental et de l'intellect ; la communication, l'innovation, la liberté et la vérité (et le mensonge) sont au cœur de cette suite.

**Les Pentacles** nous apportent les joies de la vie quotidienne et évoquent la vie matérielle ; santé, carrière, rapport à l'argent et transmission sont enseignés dans cette suite.

Chaque suite contient quatorze cartes, dix cartes numérales et quatre figures, aussi appelées « cartes de Cour ».

Vous pouvez facilement comprendre le tarot avec la logique suivante et en l'associant à l'énergie de chaque suite, ainsi qu'à l'image sur la carte :

| | |
|---|---|
| As | Début, nouveauté, petite graine |
| 2 | Dualité, équilibre, décisions |
| 3 | Collaboration, création, trio |
| 4 | Stabilité, repos, concrétisation |
| 5 | Crise, difficulté, conflit |
| 6 | Générosité, récompenses, passage |
| 7 | Attente, confiance, vérité/mensonge |
| 8 | Nouvelle approche, priorité, action, continuer |
| 9 | Sagesse, introspection ou repli sur soi, résilience |
| 10 | Accomplissement, transmission, transition |
| Page | Initiateur, étudiant, messager, joueur, léger |
| Cavalier | Passage à l'action, fonceur, extrême |
| Reine | Entretien et maintien, protection, intuition, vers les autres |
| Roi | Manifesteur, pouvoir, maturité |

## 2 - Piqûre de rappel sur les suites

Ces mots-clés, enrichis de l'énergie de chaque suite, peuvent vous aider à déterminer le sens d'une carte par vous-même. Parfois, ce sera simple et évident, parfois non.

Par exemple, sur le 5 (crise, conflit) de Bâtons (passion, énergie et feu), on peut vite comprendre qu'il y a un problème de canalisation de son énergie, qui crée des conflits avec soi ou les autres. Même chose pour le 5 d'Épées (mental, ego), où les ego prennent tellement de place que pour le moment toute discussion réelle est impossible.

Pour d'autres, c'est moins évident, même si l'image peut nous aider. Sur le 3 d'Épées, on voit un cœur saignant. Cette carte ne signifie pas créativité du mental ou stimulation de l'intellect par des échanges vifs avec d'autres. Elle évoque la trahison, notamment affective. Ici, c'est le côté « trio » (sous-entendu : quelque chose ou quelqu'un se glisse entre deux personnes, ça peut aussi être une situation ou un mensonge). L'image nous aide un peu mieux à saisir ce que veut dire la carte. De même, cette carte peut évoquer une blessure de l'ego qui rapproche l'individu de son être profond. Ça pique, mais parfois, nous résistons tellement que ça prend cette forme.

Le 4 de Pentacles observe également cette logique. Si le 4 évoque la stabilité, et les Pentacles, le matériel, on peut se dire que c'est un signe de stabilité matérielle. Oui, mais l'image sur la carte d'un personnage renfermé sur lui-même nous montre que pour une vie réellement prospère (et pas uniquement sur le plan matériel), il ne faut pas juste accumuler. Les biens, l'argent et la générosité doivent aller dans un flot de va-et-vient.

## Mandala

Voici un **mandala** à vous approprier. Vous pouvez le colorier, mais également l'utiliser pour la méditation.

De quelle carte est issu ce mandala ?

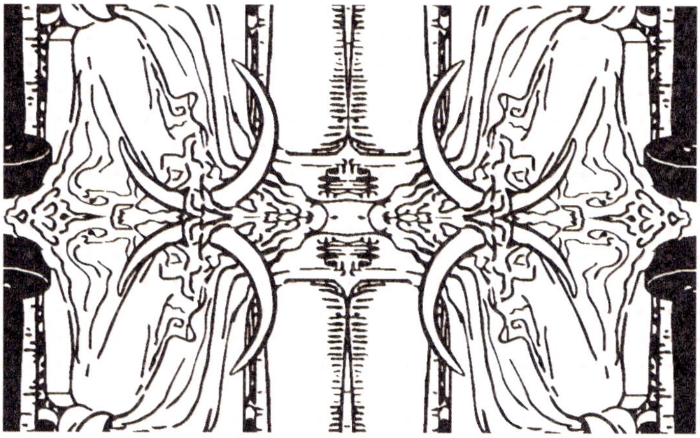

## Repérez les suites dans les arcanes majeurs

Prenez votre **jeu de tarot** et sortez les arcanes majeurs. Identifiez sur chacune des 22 cartes les éléments qui rappellent les suites. Selon le tarot que vous utilisez, ces symboles peuvent être différents.

Que pouvez-vous en déduire ?

Quel(s) schéma(s) voyez-vous sur les cartes ?

Comment cela peut impacter votre façon de lire le tarot ?

## 2 - Piqûre de rappel sur les suites

### Testez vos connaissances !

| | Vrai | Faux |
|---|---|---|
| Une suite contient 10 cartes. | □ | □ |
| Chaque suite représente un élément. | □ | □ |
| On peut dire de la Reine d'Épées qu'elle est honnête et franche. | □ | □ |
| On peut dire du Valet de Coupes qu'il est en quête spirituelle. | □ | □ |
| On peut dire du Roi de Pentacles qu'il a peur du manque. | □ | □ |
| On peut dire du Cavalier de Bâtons qu'il est guidé par sa passion. | □ | □ |
| Si vous tirez le 2 de Pentacles droit, il est possible que les conséquences d'actions menées par le passé se manifestent à vous. | □ | □ |
| Si vous tirez le 9 d'Épées inversé, vos rêves ont une chance de se concrétiser. | □ | □ |
| Si vous tirez le 5 d'Épées droit, il peut s'agir d'une période de deuil. | □ | □ |
| Si vous tirez le 8 de Coupes droit, il est temps d'aller voir ailleurs si vous y êtes. | □ | □ |
| Si vous tirez l'As de Pentacles droit, vous allez gagner au loto (au revoir, au revoir, Président…). | □ | □ |
| L'As de Bâtons inversé est un peu mou du genou. | □ | □ |
| « Lève ton verre », voilà ce qui est dit au personnage assis sur le 4 de Pentacles. | □ | □ |
| Si vous tirez le 6 de Bâtons inversé, vous pouvez négocier et persuader vos interlocuteurs facilement, la jouer fine en loucedé. | □ | □ |

# Chapitre 3

## Le b.a.-ba d'un tirage

Une des questions que l'on me pose le plus lors d'ateliers d'initiation c'est : « Comment fait-on concrètement pour tirer les cartes ? »

Je vais vous proposer différentes options que vous pouvez adapter et varier ! Ce n'est pas parce qu'un jour vous brassez vos cartes que le lendemain vous ne pouvez pas les battre. Écoutez-vous et expérimentez.

### Comment mélanger vos cartes ?

La façon dont vous allez mélanger vos cartes va dépendre du type de tirage que vous voulez faire.

Pour **un tirage « oui/non »** ou un tirage avec cartes inversées, il est conseillé de les brasser pour que certaines d'entre elles puissent être à l'envers, tout simplement.

Vous pouvez aussi les battre et les couper. Vous pouvez lire la carte de coupe, ou alors couper le jeu en autant de petites piles que de cartes que vous voulez tirer. Par exemple, pour un tirage trois cartes, vous allez couper le jeu en trois piles et prendre à chaque fois la carte au-dessus (ou au-dessous, à vous de voir et de créer vos conventions).

Certaines personnes les mélangent façon poker, méthode que je ne recommande pas si vous avez un jeu rigide ou de collection, ou que vous tenez à vos affaires. Cette méthode abîme les cartes plus vite.

### Poser une question impactante

Le tarot vous permet de poser des questions différentes. Du simple tirage « oui/non » au tirage psychologique, tout est possible. Cependant, il existe des façons plus ou moins efficaces de poser une question au tarot.

Les meilleures questions vous donnent les éléments pour prendre les meilleures décisions possible pour vous à l'instant où vous tirez les cartes. Cette notion est importante, car si vous faites un tirage temporel (avec une date limite), il faut garder à l'esprit que les choses changent en permanence. Ce qui est vrai au moment du tirage peut ne plus l'être le lendemain.

# 3 - Le b.a.-ba d'un tirage

## Éviter les questions fermées

Bien qu'il soit possible de faire des tirages « oui/non », il est important de poser des questions ouvertes. Plutôt que de demander « Suis-je sur la bonne voie ? », demandez « Quels sont les indices qui indiquent que je suis sur la bonne voie ? » ou « Que puis-je faire pour me diriger vers la bonne voie ? ».

## Reformuler

Plutôt que de demander des choses comme « Vais-je vraiment trouver l'amour de mes rêves ? », creusez votre question. « Quelle est ma prochaine action pour vivre une vie affective qui me convienne et m'épanouisse? » sera une question plus ouverte qui changera radicalement votre interprétation. Cette question de l'amour revient très souvent en consultation. Il ne faut pas hésiter à creuser la question, car « trouver l'amour » ne signifie pas la même chose en fonction de la personne concernée. Certains peuvent chercher à vivre une jolie romance là où d'autres ont en tête de construire une vie à deux, ce qui n'aura pas les mêmes implications dans le tirage.

## Affiner

Une question peut en amener une autre. Reprenons notre exemple : « Vais-je vraiment trouver l'amour ? » Vous l'avez déjà reformulé : « Quelle est ma prochaine action pour vivre une vie affective qui me convienne et m'épanouisse? »

Vous pouvez maintenant affiner cette question reformulée : « De quoi vais-je prendre conscience au sujet de ma vie affective? » ; « Quel travail intérieur puis-je faire pour atteindre mon objectif? » ; « Quelles sont les ressources que j'ai déjà à ma disposition? » ; « Que puis-je apporter dans une relation affective? » ; « Quels sont les freins actuels à vivre une relation affective épanouie? » ; etc.

## Choisir son tirage

Il existe une infinité de formats de tirages. Il y a des basiques et des traditionnels, comme le tirage en croix, la croix celtique, le tirage trois cartes, le tirage une carte... Mais vous pouvez aussi créer des tirages de tarot vous-même.

Pour une question, il n'est pas forcément nécessaire de faire compliqué : quelques cartes peuvent largement suffire à y répondre. Si vous voulez savoir par quoi sera marquée votre semaine ou votre journée, il n'est pas nécessaire de se lancer dans un tirage gitan à 21 cartes.

## Tirage éclipse

Vous le savez peut-être : en astrologie, on dénombre deux saisons des éclipses. Une en été, une en hiver. Quand quelque chose est « éclipsé », on l'oublie, il se cache ou devient difficile d'accès.

Le tirage éclipse est un tirage qui a pour but de révéler ce qui est caché.

Battez votre jeu. Tirez une première carte face visible, puis celle qui la suit directement dans le jeu, en la gardant face cachée. Placer la deuxième carte sous la première. Battez le jeu de nouveau et sortez deux cartes de la même manière, puis faites-le de nouveau une troisième fois.

Vous avez maintenant trois cartes visibles et trois cartes cachées.

Lisez votre premier tirage. Ceci est la face visible de l'iceberg. Cette face visible cache… le deuxième tirage, que vous obtenez en retournant vos secondes cartes placées sous les premières. Ces trois autres cartes sont donc des éléments éclipsés, ignorés de votre conscience. Il peut s'agir de blocages mais aussi de talents cachés !

### Voici un exemple de tirage :

- Le tirage visible :

2 de Bâtons, la Grande Prêtresse, 3 de Coupes

Il y a deux 2 et un 3 : chemin de la dualité à la création.

Personne hésitante à aller au contact des autres, qui a pourtant tout à y gagner en termes émotionnels. Avec La Grande Prêtresse (gardienne des secrets et du savoir) au milieu, on peut voir que cette personne a du mal à aller vers les autres, elle a tendance à se protéger en restant en retrait.

- Le tirage caché :

9 d'Épées, Roi de Coupes, Page de Pentacles

Cette personne est bloquée par un trop-plein émotionnel qu'elle n'arrive pas à gérer (hypersensibilité possible), ce qui fait qu'elle a pu préférer se retirer (voir le tirage visible).

Le Page de Pentacles indique qu'il faut y aller doucement, et quand les tourments émotionnels se font trop présents, revenir dans le concret, le factuel, voire faire des exercices corporels.

Dans cet exemple, le tirage caché montre à la fois l'origine du problème de la personne et une solution possible.

## Testez vos connaissances !

| | Vrai | Faux |
|---|---|---|
| Il faut allumer une bougie et un encens avant de tirer le tarot. | ☐ | ☐ |
| Les cartes inversées portent malheur. | ☐ | ☐ |
| Un jeu doit être purifié après chaque tirage. | ☐ | ☐ |
| Il est interdit de tirer les cartes quand on est malade. | ☐ | ☐ |
| On peut utiliser la main que l'on souhaite pour couper un jeu. | ☐ | ☐ |
| Il vaut mieux se protéger avant un tirage. | ☐ | ☐ |
| Faire un tirage en étant bouleversé n'a aucun impact sur l'interprétation de celui-ci. | ☐ | ☐ |

## Rébus

Une signification du 5 de Coupes.

Une signification du 9 de Bâtons.

La Grande Prêtresse les garde.

# Chapitre 4

## Les arcanes majeurs

Les **arcanes majeurs** sont au nombre de 22. Ce nombre est très important dans la structure du tarot, car il fait référence à l'Arbre de Vie de la Kabbale. Sur cet arbre, vous trouverez 10 centres, appelés sephiroth, et 22 chemins, qui relient les sephiroth entre elles. Cette structure est ce qui fait du tarot un oracle si particulier qui raconte l'histoire de l'âme incarnée.

Les arcanes mineurs sont centrés sur un domaine très particulier de la vie incarnée. Les arcanes majeurs, quant à eux, peuvent être vus comme le cinquième élément du tarot : l'éther. L'éther est aussi appelé l'esprit, c'est en quelque sorte le côté divin de l'âme, le rapport entre vous et les forces énergétiques supérieures. De manière plus schématique, les arcanes majeurs concernent des domaines plus larges et importants de la vie, des épreuves et des étapes marquantes.

Vous pouvez choisir de tirer le tarot uniquement avec les arcanes majeurs : c'est un conseil que l'on donne souvent aux débutants, car ces cartes portent en elles des symboles très universels et très parlants.

### Une brève histoire des arcanes majeurs

On distingue les arcanes majeurs, aussi parfois appelés **« Triomphes »**, des arcanes mineurs. Même si nous n'avons pas de preuves de l'évolution du tarot, il est plus que probable que les mineurs aient été ajoutés aux majeurs pour former le grand ensemble qu'est le tarot.

Les premiers jeux de cartes conservés sont européens, notamment allemands. Ces jeux font figurer des familles - ou suites - qui comprennent 3 figures. C'est le modèle que l'on retrouve dans les cartes à jouer classiques.

### Mais d'où viennent alors les arcanes majeurs ?

Les premiers tarots avec une structure se rapprochant de ce que nous connaissons de nos jours apparaissent en **Italie** : c'est en 1440 que l'on en trouve la première trace écrite (chez Giusto Giusti, notaire des Médicis), on parle alors de « naibi à triomphes[1] » (de *naibi* - cartes à jouer et de triomphe). On comprend donc qu'il ne s'agit plus du « simple » jeu de cartes, mais qu'il y a là les fameux triomphes, que nous appelons arcanes majeurs.

Le tarot apparaît donc au **XVe siècle**, en Italie, où plusieurs commandes de jeux à triomphes sont restées dans l'histoire - notamment la conception du jeu Visconti-Sforza[2].

1. *Histoire du tarot*, Isabelle Nadolny, Éditions Trajectoires.
2. *Ibid.*

## 4 - Les arcanes majeurs

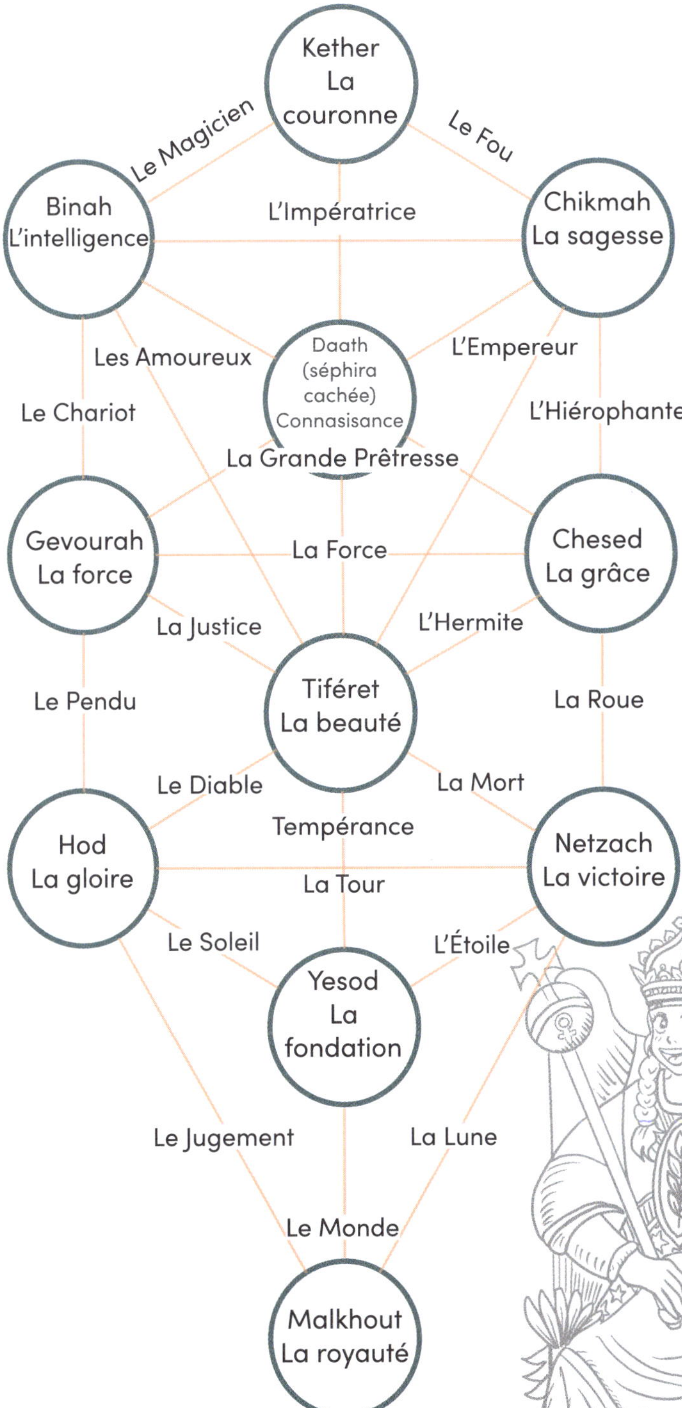

## Reliez les arcanes majeurs à leur description

| | | | |
|---|---|---|---|
| L'Hermite | ○ | ○ | Il est important que je prenne le temps de peser le pour et le contre pour prendre la décision la plus juste pour moi à ce moment précis. |
| La Grande Prêtresse | ○ | ○ | Les choses sont arrivées à leur terme et cette situation ne peut plus avancer. Un nouveau cycle commence. |
| La Justice | ○ | ○ | Je dois prêter attention à garder une vision claire, à ne pas me laisser aveugler par mon enthousiasme. |
| Le Diable | ○ | ○ | Les choses ne sont pas ce qu'elles semblent être. Que dit mon intuition ? |
| Le Soleil | ○ | ○ | Mon entourage est très important dans mon évolution. Je suis arrivé à un moment où je dois reconsidérer certaines relations. |
| La Lune | ○ | ○ | Je retiens ma puissance en moi. Si je m'y oppose, cela risque d'exploser. |
| Le Pendu | ○ | ○ | Avant de pouvoir me sentir bien dans une relation, je dois me sentir pleinement moi en étant seul. |
| Le Monde | ○ | ○ | Une nouvelle étape de ma vie commence, je l'aborde l'esprit léger et sans a priori. |
| Le Fou | ○ | ○ | Ma position dans cette relation est-elle agréable ? Suis-je bourreau, sauveur, victime ? Cette situation, bien que difficile, m'apporte des bénéfices secondaires. |
| La Tour | ○ | ○ | Changer de point de vue est nécessaire. |
| Les Amoureux | ○ | ○ | Tout n'a pas besoin d'être dit, exposé. Je peux garder mon jardin secret. |

## Chassez l'intrus !

Entourez les 2 qualités qui définissent le mieux chaque arcane parmi les 3 propositions.

Le Jugement

Inspiration - Renouvellement - Procès

L'Hiérophante

Guide - Vision - Mentor

L'Impératrice

Nature - Structure - Responsabilités

Tempérance

Justice - Communication - Amour

L'Empereur

Organisation - Manipulation - Vision

L'Étoile

Connexion au divin - Destinée - Être soi

Le Magicien

Agilité - Pouvoir - Possibilités

La Roue de Fortune

Intuition - Chance - Impermanence

La Force

Feu intérieur - Maîtrise de soi - Foncer

La Mort

Échec - Fin brutale - Terreau fertile

Le Chariot

Apparences - Avancer - Force

## Testez vos connaissances !

| | Vrai | Faux |
|---|---|---|
| Les arcanes majeurs représentent le quotidien. | ☐ | ☐ |
| Le parcours du Fou est un voyage initiatique. | ☐ | ☐ |
| L'Empereur dans un tirage représente toujours un homme psychorigide. | ☐ | ☐ |
| La Mort est en fait un excellent présage. | ☐ | ☐ |
| Il est interdit d'utiliser uniquement les arcanes majeurs pour un tirage. | ☐ | ☐ |
| Les arcanes majeurs peuvent se découper en trois parcours. | ☐ | ☐ |
| Les arcanes majeurs peuvent se découper en décans. | ☐ | ☐ |
| Parmi les arcanes majeurs se trouve votre carte de naissance. | ☐ | ☐ |
| Les arcanes mineurs sont moins forts que les arcanes majeurs. | ☐ | ☐ |

# Chapitre 5

## Mieux se connaître avec le tarot

**Le tarot** est un outil très ancien, on date ses débuts possibles autour du XIVe siècle. D'abord utilisé comme un jeu, il est vite devenu un outil divinatoire. On allait alors consulter l'oracle pour connaître les bonnes et les mauvaises choses qui allaient nous arriver.

Plus tard, avec l'avènement de disciplines dont le but était une meilleure connaissance de l'humain (psychologie, psychanalyse, sciences sociales) et la remise en cause, dès les années 1960 par une certaine partie de la population, du modèle de société que nous connaissions, le tarot a peu à peu refait surface comme outil de connaissance de soi.

Le psychanalyste Carl Jung a énormément travaillé les archétypes des arcanes majeurs, et son travail reste à ce jour une référence pour les aficionados du tarot.

Puis, pour schématiser de manière grossière, avec les mouvements des spiritualités dites « alternatives » est arrivé le concept de « développement personnel » dans lequel la connaissance de soi est primordiale. Le tarot, dont la symbolique impacte tant notre inconscient individuel que collectif, est ainsi devenu un des nombreux outils utilisés à la fois par les artistes, les thérapeutes et tout un chacun pour explorer l'individu.

### La carte que vous aimez le plus et celle que vous aimez le moins

Sortez les arcanes majeurs du jeu. Alignez-les devant vous. Prenez le temps de les observer. Sortez une carte qui vous inspire de manière positive, puis une autre pour laquelle vous éprouvez une émotion négative. Les sentiments positifs provoqués peuvent être : l'émerveillement, la sensibilité à la beauté de la carte, la joie... Les sentiments négatifs peuvent être : la peur, l'incompréhension, l'anxiété...

Pour chacune des cartes, notez ce qui, selon vous, provoque ces sentiments. Est-ce le nom de la carte ? la signification des symboles qu'elle porte ? ces choses que vous avez entendues à son sujet ? Est-ce lié à une expérience personnelle ?

Avec cet exercice, vous avez déjà une vision simple de l'usage du tarot comme outil de connaissance de soi. Vous pouvez refaire cet exercice avec les arcanes mineurs, les figures... Et voir si un schéma se révèle.

# 5 - Mieux se connaître avec le tarot

## Quel archétype vous accompagne cet été ?

Quel sera votre profil pour cette saison ? Jouons avec les archétypes du tarot pour définir lequel vous accompagne tout au long de cet été !

Cet été vous allez :

- ☆ Retrouver votre famille au grand complet.
- ☼ Faire une retraite spirituelle.
- ☾ Planter tous vos potes et partir à l'aventure en mode Mike Horn.
- ⊛ Tester toutes les choses que vous ne prenez jamais le temps de faire.

Pour vous, le plus important c'est :

- ⊛ Raconter votre vérité… Quitte à déformer un peu les faits pour les besoins de votre histoire.
- ☆ Être quelqu'un de fiable sur qui on peut compter.
- ☾ Vous laisser plusieurs options ouvertes.
- ☼ Avoir du temps pour vous recharger.

Une réussite ne vaut vraiment le coup que :

- ☆ Si vous pouvez en faire bénéficier votre famille et votre clan.
- ⊛ Si vous pouvez vous montrer et avoir des retombées publiques.
- ☼ Si cela vous apporte du sens et de la clarté sur qui vous êtes et votre mission.
- ☾ Toutes les réussites valent le coup !

On dit de vous que vous êtes :

- ☼ Réservé, introverti, solitaire.
- ☾ Capable de convaincre n'importe qui.
- ⊛ Audacieux mais un peu théâtral.
- ☆ Que vous avez des valeurs.

## Calculez votre lame de naissance

Vous êtes-vous déjà senti appelé ou particulièrement sensible au message d'une carte? Une carte semble vous interpeller, ou revenir souvent? Parmi ces cartes se trouve peut-être votre carte de naissance.

Il s'agit de la carte qui vous correspond parmi les arcanes majeurs. Cette carte contient un message particulier pour vous, qui se présentera dans votre vie à différents niveaux. Cela ne veut pas dire que vous ne vivrez qu'à travers les énergies de cette carte, mais elle peut être une boussole sur votre chemin.

Pour trouver votre carte, il suffit d'additionner les chiffres de votre date de naissance et de chercher la carte correspondante. Si le résultat est supérieur à 22, il suffira de soustraire 22 à votre résultat. Dans cet exercice, 22 est le chiffre du Fou, bien qu'il porte généralement le chiffre 0 (voire pas de chiffre).

Pour une personne née le 10 avril 1950 (10/04/1950) : 1 + 0 + 4 + 1 + 9 + 5 + 0 = 20
Sa carte sera le Jugement.

Pour une personne née le 19 novembre 1980 (19/11/1982) : 1 + 9 + 1 + 1 + 1 + 9 + 8 + 2 = 32
→ 32 - 22 = 10
Sa carte sera la Roue de Fortune.

Ma carte de naissance :

........................................................................................................................

........................................................................................................................

Mes impressions sur ma carte de naissance :

Qu'est-ce qui m'attire dans cette carte? Est-ce que je m'y reconnais? Quels symboles retiennent mon attention?

........................................................................................................................

........................................................................................................................

........................................................................................................................

........................................................................................................................

## Mots croisés

1. Il symbolise l'arrêt.
2. Elle décide, elle tranche.
3. Chiffre de collaboration.
4. Représenté par le côté gauche de la carte.
5. Arcane signifie…
6. Le tarot peut être un outil de…
7. Chiffre de la stabilité.
8. Le 4 de Bâtons parle de…
9. Le prénom de l'illustratrice du Rider-Waite-Smith.
10. Avant de les tirer, vous pouvez ……………… vos cartes.
11. Le tarot comprend 56 de ces arcanes.
12. Terreau.

# Chapitre 6

## Faire le tour de la question

Il existe différents tirages pour autant de situations. Aujourd'hui, vous allez explorer deux tirages particulièrement puissants. Ils vous permettent à la fois une lecture des problématiques « de fond » tout en vous permettant de répondre à vos interrogations initiales.

Je ne recommande pas ces tirages pour des questions « rapides ». Ils demandent du temps, de la concentration, et une réelle envie d'explorer.

### Le tirage quantique

Le tarot est souvent envisagé comme un outil de divination et de prédiction du futur. En réalité, mon expérience m'a montré qu'il permet très bien de comprendre le présent et ses ramifications dans le passé. Nous pouvons également utiliser le tarot dans une approche quantique et holistique. C'est-à-dire prendre en compte des paramètres qui ne dépendent pas du temps linéaire. Ce tirage « hors du temps » est particulièrement adapté pour comprendre des problématiques sous-jacentes à une question, notamment les liens karmiques et dimensionnels.

Pour ce tirage, mélangez les cartes comme vous le sentez. Rassemblez-les en un tas. La carte du dessous de ce tas indiquera « ce qui parle », l'énergie qui aura une influence sur le tirage. C'est la carte 6.

## 6 - Faire le tour de la question

Couper ensuite votre tas en deux. La carte de coupe, c'est-à-dire la carte qui est en dessous du tas du haut quand vous avez coupé le jeu, sera la carte qui symbolise ce vers quoi vous allez. C'est la carte 7.

Procédez ensuite au tirage en tirant les cartes 1 à 5 en les prenant sur le tas du bas après la coupe. Placez-les dans l'ordre dans lequel elles sortent, de la première à la cinquième.

La carte 5 décrit les énergies de la terre, les choses concrètes, les choses qui jaillissent de la terre, qui peuvent vous nourrir sur un plan matériel et vous aider dans votre progression.

La carte 4 représente les forces cosmiques de l'univers, ce sont des énergies quantiques et/ou karmiques. Il faut garder à l'esprit que c'est le constant aller-retour entre le tellurique et le cosmique qui vous permet d'être équilibré.

La carte 1 décrit votre divin intérieur, votre feu, la voix de votre âme.

La carte 3 représente le divin à l'extérieur de vous, ce sont des énergies sacrées, vos guides, les divinités qui vous accompagnent.

La carte 2 concerne le présent. Le tirage quantique, puisqu'il se situe en dehors des conceptions classiques de temps et d'espace, vous ramène au temps « ici ».

## À vous ! Réalisez votre tirage quantique !

Je vous conseille de ne poser aucune question et de voir ce qui va sortir. Quels messages cosmiques, quels désirs de votre âme, se révéleront ? Reportez les cartes que vous avez tirées sur le schéma et écrivez ensuite vos impressions.

Astuce : si vous avez du mal, prenez du recul. Laissez votre tirage tel quel sur une table et revenez-y plus tard. Le tirage quantique ne connaît pas le temps : rien ne presse.

## Mandala

À vos crayons ! Voici un mandala qui peut être utilisé pour vous détendre mais également pour la méditation. Laissez-vous porter par son côté hypnotique.

Bonus : de quelle carte est extrait ce mandala ?

## Le tirage en croix quantique

Ce tirage en croix est un mélange d'un tirage passé/présent/futur et d'un tirage à l'énergie quantique.

Voici comment réaliser le vôtre :

1. Énergies du passé.
2. Ce qui est maintenant.
3. Issue possible.
4. Ce qui parle.
5. Les influences telluriques.

# Chapitre 7

## Étude d'un symbole : la coupe

Une coupe vide représente la coupe dans son état pur, mais aussi un potentiel de réalisation. Une coupe pleine évoque différentes choses, en fonction de ce qui est dedans. Le poisson du Page de Coupes évoque l'abondance, la multitude de coupes pleines du 7 représente les choix et l'exploration (vous pouvez également chercher la symbolique de chaque coupe du 7). L'eau dans une coupe, c'est la fluidité, l'échange. Le nombre de coupes évidemment prend aussi son sens. Une coupe fermée, c'est le potentiel de la coupe qui est en sommeil. Si elle est renversée, l'émotionnel est perturbé.

À vous ensuite de bâtir vos significations à partir de ce que vous connaissez déjà.

### Lire une carte de tarot comme différents tableaux

On peut diviser chaque carte de tarot en quatre quarts et un centre.

Le côté gauche symbolise la réceptivité, le yin, le passé. Une coupe dans cet emplacement verra son énergie amplifiée.

Le côté droit symbolise l'actif, le yang, l'avenir. Une coupe dans cet emplacement voit son action contrariée.

Le haut symbolise les énergies cosmiques et, le bas, les énergies telluriques.

Le centre de la carte représente l'être, le temps « ici » que nous avons vu dans le tirage quantique.

# 7 - Étude d'un symbole : la coupe

## Quelques exemples avec la suite des Coupes

### 8 de Coupes

Toutes les coupes sont en bas (énergies telluriques) cinq coupes sont à gauche, trois à droite, là où se dirige également le personnage. Même s'il y a plus de coupes du côté gauche, que le personnage a sûrement accumulé des choses, il est temps pour lui d'avancer de manière active et pour cela de se délester un peu au niveau émotionnel. Il semble « monter » vers l'actif cosmique, en laissant derrière lui ce qui lui pèse, il gagne en maturité spirituelle. Un travail sur soi commence.

### Le Magicien

La coupe se situe dans le réceptif-tellurique. Pour canaliser les pouvoirs psychiques de la coupe, le Magicien doit trouver les bons outils et s'entraîner. Peut-être, aussi, se saisir de cette coupe à laquelle il ne touche pas.

## À vous de jouer !

### Cavalier de Coupes

Le Cavalier tient une coupe vide dans l'actif cosmique. Il attend quelque chose, une solution miracle ou une réponse toute prête. Est-ce que cela marchera pour lui ?

### 4 de Coupes

Trois coupes sont dans le réceptif-tellurique et une dans le réceptif-cosmique. Le personnage se désintéresse de tout ! Ce qui lui est donné dans le monde et ce que la vie spirituelle pourrait lui apporter. C'est quelqu'un qui ne sait pas recevoir et, en même temps, n'agit pas (tourné vers le réceptif-tellurique tout en étant dans l'actif tellurique).

1. Comment interprétez-vous le symbole de la Coupe dans le tarot ?

..........

..........

2. À quel élément l'associez-vous ?

..........

..........

3. À quelles capacités, quels talents, l'associez-vous ?

..........

..........

## Testez vos connaissances !

| | Vrai | Faux |
|---|---|---|
| Une carte peut se diviser en quatre parties. | ☐ | ☐ |
| La Coupe est renforcée par le côté actif. | ☐ | ☐ |
| Le 10 de Coupes représente une joie issue d'un succès dans le monde concret. | ☐ | ☐ |
| La Reine de Coupes retient sa part émotionnelle. | ☐ | ☐ |
| L'As de Coupes invite à se saisir du moment présent et à en profiter. | ☐ | ☐ |

## Mandala

À vos crayons ! Voici un mandala qui peut être utilisé pour vous détendre mais également pour la méditation. Laissez-vous porter par son côté hypnotique.

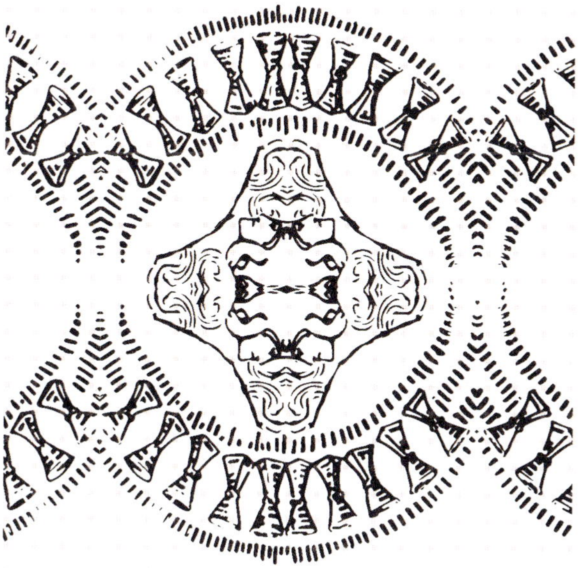

# Chapitre 8

## Étude d'un symbole : La Mort, le cycle

Vous le savez, le tarot peut être très, très littéral, mais parfois un peu plus subtil. Tirer la carte de **La Mort**, par exemple, peut vouloir dire littéralement : « Euh, chérie, là c'est mort de chez mort, ton ex ne reviendra pas, c'est *dead*, *sorry*, bisous. » Mais parfois ça signifie également : « C'est pas le moment de planter des graines, mais plutôt de labourer pour la prochaine saison. » (Oui, le tarot a ses métaphores.)

La Mort prend part à une dynamique plus large dans le tarot : le cycle. Cette notion est visible de manière plus ou moins explicite sur certaines cartes.

Le Monde, par exemple, est aussi synonyme de fin, mais une fin plus *chillax* que celle de la Mort, plutôt du genre : « Hm, là tu vois, entre ton ex et toi, c'est fini mais vous avez tous les deux atteint le maximum de cette relation, vous vous quittez pour le meilleur. »

### Quelques interprétations autour du changement et du cycle

| Carte | Interprétation subtile | Interprétation littérale |
|---|---|---|
| 5 de Pentacles | remise en question de ce qui est, toute sorte de crise | difficultés matérielles et financières, minimalisme |
| Le Fou | nouveau départ, tenter une nouvelle aventure | observer la nature, suivre ses cycles, déménager |
| Le Magicien | tout est possible, nouvelle ère | il faut passer à l'action, faire un choix, mettre la main à la pâte |
| 10 d'Épées | voir le bout du tunnel | mal au dos |
| La Tour | explosion de joie, départ en fanfare, ensemancement ou effondrement, fin brutale | base instable, projet sans fondations |
| 5 de Coupes | une fin (rupture, fin d'une époque) à digérer émotionnellement | un deuil à faire |

## 8 - Étude d'un symbole : La Mort, le cycle

### Comment savoir quel type d'interprétation choisir ?

Le tarot a ses métaphores, mais peut aussi se montrer très premier degré. Comment, alors, dans un tirage, savoir quelle interprétation choisir ? Comment savoir si on se situe dans une interprétation métaphorique, allégorique, ou dans quelque chose de très concret et littéral ? Ici, pas vraiment de surprise ni de secret. C'est à la fois avec de la **pratique** et votre **intuition** que vous saurez quelle est la meilleure signification. Mais vous pouvez aussi vous aider du contexte du tirage pour en savoir plus :

- ce que vous savez de la situation ;
- ce que vous aura dit la personne pour qui vous tirez les cartes le cas échéant ;
- les cartes voisines dans le tirage.

### Le cycle de la vie et de la mort dans le tarot

La Mort : son nom, le drapeau noir, le cavalier squelette, le soleil levant en arrière-plan.

La Roue de Fortune : le chiffre 10, symbole de nouveau dans le tarot, de complétude.

10 de Pentacles : transmission, héritage familial ou non. Ce qui sera transmis.

10 d'Épées : on sent le désespoir, pourtant derrière le personnage, le soleil se lève.

Le Monde : fin du cycle des arcanes majeurs. Les lauriers qui entourent le personnage central. La nudité rappelle le sort de chaque être vivant dans le cycle de la vie.

Le Jugement : l'image dépeint la résurrection, la carte symbolise aussi les naissances et l'inspiration.

La Grande Prêtresse : carte de la gestation, elle représente l'origine du cycle de vie.

### La symbolique du cycle de la vie et de la mort

La mort (en tant que symbole) est associée à l'élément du feu. C'est son pouvoir transformateur, puis créateur qui nous permet d'identifier cela. L'hiver est la saison qui correspond le mieux à la mort. On peut le voir dans la nature : le temps ralentit, nos modes de vie sont plus intérieurs.

Nous pouvons associer le cycle de la vie et de la renaissance au printemps : le renouveau est visible. Du côté des éléments, c'est l'eau, élément nourricier qui prend le temps nécessaire. Alors, si dans un tirage vous ne voyez pas tout de suite vers quoi peuvent déboucher les cartes de mort et de cycle... C'est peut-être normal.

## À vous de jouer !

À quelles capacités, quels talents, associez-vous la mort ?

........................................................................................................................................................................

........................................................................................................................................................................

À quelles capacités, quels talents, associez-vous le cycle ?

........................................................................................................................................................................

........................................................................................................................................................................

## Cas pratique

Michaël vient vous voir. Il souhaite avoir la guidance du tarot pour savoir si la période lui est favorable pour lancer son activité secondaire. Vous l'aidez à reformuler sa question : vous allez voir ensemble les énergies qui l'entourent et comment il peut faire pour mener à bien son projet.

Vous tirez trois cartes :

Passé : 8 de Pentacles - Présent : La Mort - Futur : 9 de Coupes

À vous d'interpréter le tirage :

........................................................................................................................................................................

........................................................................................................................................................................

........................................................................................................................................................................

........................................................................................................................................................................

# 8 - Étude d'un symbole : La Mort, le cycle

## Mots cachés

Retrouvez dans les mots cachés quelques notions rattachées à l'énergie de la mort et du cycle.

| | | | | | | | | | | | | | |
|---|---|---|---|---|---|---|---|---|---|---|---|---|---|
| C | V | X | R | Y | G | T | K | F | C | M | M | F | M |
| U | O | G | A | E | S | E | V | U | S | G | X | V | N |
| T | G | C | K | W | N | E | S | I | N | I | L | I | O |
| Y | J | O | O | N | M | A | Y | T | P | G | X | E | O |
| C | K | Y | H | N | I | C | I | K | A | Z | C | K | E |
| S | N | R | U | E | G | A | Z | S | X | T | K | D | N |
| I | O | V | A | L | R | C | Q | S | S | I | I | T | J |
| J | I | I | V | A | O | V | Y | N | H | A | S | O | H |
| O | R | V | S | Q | U | X | O | I | Z | K | N | Y | N |
| E | E | E | T | F | E | Q | Q | L | V | T | C | C | K |
| N | V | O | U | W | W | J | F | B | M | Z | U | U | E |
| R | E | N | O | U | V | E | A | U | F | L | N | E | T |
| T | R | A | N | S | F | O | R | M | A | T | I | O | N |
| Z | N | Q | G | E | E | F | T | G | T | L | O | F | I |

COCON

GESTATION

RENAISSANCE

ROUE

VIE

NOIR

RENOUVEAU

TRANSFORMATION

# Chapitre 9

## Étude d'un symbole : le 4

**La numérologie** peut aussi être un axe pour l'étude et l'interprétation du tarot. Nous allons commencer par le chiffre 4, parce que pourquoi pas après tout ! Si vous êtes attentif et familier de la numérologie, vous avez peut-être remarqué que le chiffre 4 est l'addition de 1 + 3... Ah, je vous entends déjà dire : « Ouais, bah, c'est 2 + 2 aussi, merci ! »

Sauf que, sauf que. 1 + 3 = 13 (en numérologie, ne me renvoyez pas en maternelle, s'il vous plaît). Et que 13 = La Mort ! Vous voyez où je veux en venir ? Si vous avez fait le chapitre précédent, je suis sûre que OUI.

Donc la mort serait la base pour... la stabilité ! Il est nécessaire de transformer pour bâtir quelque chose de stable. C'est comme labourer son champ avant de semer.

À noter qu'en Asie de l'Est, le chiffre 4 est considéré comme source de malheur, car il symbolise la mort et le chaos. Ainsi, les immeubles de plus de quatre étages ne comportent pas de quatrième étage, mais plutôt un étage 3 bis.

### Le 4 en numérologie

Le chiffre 4 est associé à la planète Saturne, que l'on connaît comme étant la planète de la régulation, de la gestion du temps (et surtout son optimisation). Saturne pose les bases et les règles. Le chiffre 4 résonne également avec la terre, un élément qui évoque les cycles de la nature. Et avec la nature, une seule chose est stable : son impermanence et ses cycles immuables. On y retrouve quatre saisons, comme les quatre murs d'une maison, les quatre côtés d'un carré.

Ce chiffre parle de matérialisation, de manifestation, d'amener les idées dans le monde concret. Par exemple, si vous voulez écrire un livre, pour manifester ce livre, il va falloir poser les bases propices à ce que vous puissiez l'écrire, puis le diffuser.

Le 4 évoque également la norme, ce qui est commun, pas extraordinaire, ce qui se fait majoritairement. Ce n'est ni bien ni mauvais, c'est la norme. Avec ce chiffre, il faut alors suivre la norme pour parvenir à ses fins. Ce qui, selon votre façon de voir la vie, peut être difficile. C'est en suivant les voies tracées que vous arriverez à un résultat probant. Le 4 représente à la fois vos acquis et les acquis du collectif. Pourquoi réinventer la roue quand on peut utiliser ce qui existe déjà pour aller plus loin ? Un bel exemple de cela : les praticiens spirituels qui utilisent des outils traditionnels pour les mettre au service de la société actuelle et ses enjeux. Ces personnes ont pris une route tracée pour porter leur message et le rendre plus percutant (Chani Nicholas, Caroline Moye et Marie Sélène en astrologie, par exemple).

Si le 4 apporte de la structure, il peut manquer de souplesse. L'adaptation n'est pas son fort, en revanche, la réflexion et la mise en perspective sont ses atouts.

## 9 - Étude d'un symbole : le 4

Selon la danse des planètes dans le ciel, Saturne peut soit nous en faire baver, soit nous libérer : la structure est un cadre dans lequel nous pouvons grandir ou nous faner.

### Les « 4 » célèbres

- Les Quatre Cavaliers de l'Apocalypse
- Les « Fab Four » : les Beatles
- Les quatre éléments
- Les *Quatre Saisons* de Vivaldi
- Les points cardinaux
- Les faces d'une pyramide
- Les quatre suites du tarot
- Les quatre couleurs d'un jeu de cartes

## À vous de jouer !

Sortez les cartes qui portent le chiffre 4 ou qui font figurer sa symbolique. Quelles sont-elles ?

..............................................................................................................................................

..............................................................................................................................................

..............................................................................................................................................

Dans le tarot, où pouvez-vous retrouver cette logique ? Pourquoi selon vous ?

..............................................................................................................................................

..............................................................................................................................................

..............................................................................................................................................

À quelles capacités, quels talents, associez-vous le 4 ?

..............................................................................................................................................

..............................................................................................................................................

..............................................................................................................................................

Quelles différences faites-vous entre les 4 de chaque suite en termes d'énergie ?

..............................................................................................................................................

..............................................................................................................................................

..............................................................................................................................................

## Cas pratique

Michaël revient pour un tirage ! Votre dernier tirage lui a apporté la clarté nécessaire et il se trouve qu'effectivement, il est très épanoui. Cependant, il a identifié que son activité secondaire devrait être lucrative s'il veut pouvoir dégager du temps à l'avenir pour se consacrer à sa famille.

Voici les cartes qu'il a tirées, sans schéma de tirage particulier :

4 de Pentacles, Roue de Fortune, 9 de Pentacles.

À vous d'interpréter le tirage.

..............................................................................................................................................

..............................................................................................................................................

..............................................................................................................................................

## 9 - Étude d'un symbole : le 4

### Laissez parler votre intuition

Quel mot voyez-vous en premier dans les mots cachés ci-dessous ? La première interprétation que vous verrez sera celle qu'il vous faudra travailler en ce moment.

Quelle interprétation devez-vous travailler dans votre vie ? Comment allez-vous faire ?

........................................................................................................................................

........................................................................................................................................

........................................................................................................................................

### L'énergie du 4

| | | | | | | | | | | | | | |
|---|---|---|---|---|---|---|---|---|---|---|---|---|---|
| P | E | B | K | W | L | H | N | O | R | M | E | C | S |
| E | V | C | O | N | V | E | N | T | I | O | N | E | O |
| M | M | A | T | E | R | I | A | L | I | S | E | R | Q |
| S | P | P | R | A | G | M | A | T | I | S | M | E | F |
| A | T | E | C | E | L | E | B | R | A | T | I | O | N |
| Z | I | A | R | P | G | Q | Q | F | F | R | T | K | K |
| V | T | M | B | S | D | F | R | F | N | F | F | D | Z |
| B | X | C | G | I | P | N | R | I | P | V | Z | W | W |
| C | K | C | F | Z | L | E | M | V | M | K | I | X | B |
| R | E | R | Q | C | D | I | C | M | D | M | Q | P | D |
| E | L | R | G | F | O | D | T | T | Y | F | I | H | W |
| F | X | O | F | G | S | N | T | E | I | U | L | I | O |
| U | S | A | T | U | R | N | E | P | N | V | B | K | Y |
| S | R | E | S | S | O | U | R | C | E | S | E | Z | W |

# Chapitre 10

## Associer deux cartes entre elles

**L'association** de cartes entre elles peut sembler difficile quand on commence à lire le tarot. Et pourtant, il suffit de penser les cartes comme une petite bande dessinée, et de voir ce que la carte qui suit peut apporter à la première.

### Pourquoi associer les cartes entre elles ?

Associer les cartes entre elles permet d'approfondir votre interprétation, sans avoir besoin d'ajouter de nouvelles cartes. Vous pouvez également voir émerger d'un tirage des choses qui semblaient peu évidentes de premier abord. Si vous avez une majorité d'arcanes majeurs, ou alors un tirage fait exclusivement de Bâtons, cela aura une signification.

### Comment faire interagir les cartes entre elles ?

Vous pouvez observer si des éléments se répondent sur la carte, si une logique de progression se dessine, si une thématique est récurrente (des scènes d'extérieur, de l'eau, etc.).

### Associer des cartes

Cette étape peut paraître difficile. Comment interpréter un 4 de Bâtons et un 3 d'Épées ? Comment être sûr qu'une association de cartes parle d'une chose et pas d'une autre ?

N'oubliez pas que les cartes portent des symboles et sont des archétypes. Une carte en apparence positive n'est en réalité ni bonne ni mauvaise ; c'est le reste du tirage qui donne leur sens aux cartes. C'est votre pratique aussi qui vous permettra de dire dans quel cas c'est un bon présage ou dans lequel la carte est bloquée.

### Quelques exemples

4 de Bâtons et 3 d'Épées : une carte qui parle de structure, de co-construction, voire de contrats (mariage, CDI...) et une autre qui évoque la tromperie et la déception. Ici, c'est plutôt simple : une situation qui a l'air stable et idyllique peut en réalité venir avec un prix à payer. S'engager, c'est aussi faire des compromis : le consultant est-il prêt à cela ? Peut-être aussi qu'une situation qui avait l'air stable a évolué, ce serait alors l'occasion pour le consultant de reprendre son indépendance, ou de rééquilibrer sa contribution d'une manière juste pour lui.

Le Fou et le Monde : la liberté et... la liberté ? D'un côté, nous avons un électron libre, et de l'autre, une personne qui est prête à se libérer sur tous les plans. Le Monde peut aussi signifier l'enfermement quand il est bloqué.

## 10 - Associer deux cartes entre elles

Dans le cadre du développement personnel ou psychologique, cette association peut montrer un schéma de répétition : le consultant pense évoluer mais, finalement, reproduit un même schéma.

Sur le plan matériel (carrière, apprentissage, etc.), cette association montre une progression qui a eu lieu dans un cadre. Maintenant, le consultant doit s'en affranchir.

Sur le plan de la santé, cette association montre la nécessité pour le consultant de pouvoir conserver son autonomie, mais de garder autour de lui un entourage qui peut le soutenir.

Le 3 de Coupes et le 4 d'Épées : d'un côté, l'énergie et l'émulation émotionnelle d'un groupe de personnes aimées et, de l'autre, le besoin de se poser seul.

Dans le cadre des relations, cette association indique que le consultant a besoin de s'éloigner du groupe, soit pour se recharger, soit pour peser le pour et le contre (on peut imaginer un profil introverti). Si vous aviez envie de vous la jouer Carrie Bradshaw et de débriefer votre rencard autour de cocktails avec des amis, ce n'est pas le moment !

Sur le plan de la santé, cette association montre que vous avez besoin de repos. Les soirées, les moments mondains, c'est chouette, mais votre corps et votre esprit ont besoin de calme.

Si vous aviez l'intention de voyager pour rencontrer du monde, cette association montre plutôt que c'est en ne vous mêlant pas trop aux gens que vous pourrez vivre le meilleur du voyage.

Ces deux cartes ensemble révèlent l'importance de garder ses limites, de ne pas se perdre dans le mélange des émotions : ce n'est pas une association qui vous invite à développer vos talents d'empathie.

## À vous de jouer !

À vous d'associer les cartes entre elles !

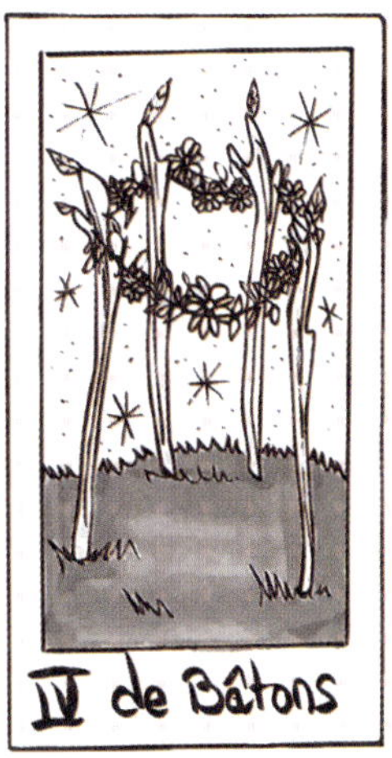

## Laissez parler votre intuition

Quel mot voyez-vous en premier dans les mots cachés ci-dessous ? Le premier mot que vous verrez sera la technique de lecture de tarot qu'il vous faudra travailler en ce moment. Il existe différents langages dans le tarot et différentes manières de le lire : la symbolique des 78 arcanes est très riche, et leurs secrets peuvent vous aider de bien des manières. Cette grille peut vous aider à choisir l'approche que vous avez besoin de développer maintenant.

Vous pouvez refaire ce petit jeu à chaque fois que vous en ressentez le besoin !

### Lecture du tarot

| | | | | | | | | | | | | | |
|---|---|---|---|---|---|---|---|---|---|---|---|---|---|
| N | X | W | V | I | N | A | R | R | A | T | I | O | N |
| H | J | C | R | N | M | N | S | D | E | M | P | M | M |
| C | H | P | S | U | H | G | N | Y | J | A | X | Q | N |
| C | O | N | S | E | I | L | A | W | P | S | K | Y | U |
| Y | X | E | X | N | R | C | R | Z | R | S | I | D | M |
| A | S | T | R | O | L | O | G | I | E | O | H | I | E |
| H | X | Q | A | A | W | K | C | P | D | C | Y | V | R |
| L | A | M | L | G | P | A | U | Q | I | I | Y | I | O |
| C | T | F | V | H | N | B | E | M | C | A | H | N | L |
| P | E | P | H | J | U | B | C | J | T | T | C | A | O |
| J | Y | D | I | G | P | A | S | B | I | I | R | T | G |
| F | H | N | M | A | P | L | O | E | O | O | A | I | I |
| L | S | U | I | M | Q | E | M | P | N | N | F | O | E |
| Y | I | X | E | T | N | N | O | Z | Y | G | Y | N | Y |

# Chapitre 11

## Le tirage « oui/non »

Une des premières choses que vous avez dû apprendre ou lire dans n'importe quel livre de tarot qui se respecte, c'est qu'il ne faut pas poser de question fermée. Effectivement, les questions fermées limitent votre champ d'interprétation sur le moment, mais aussi votre champ d'action après le tirage.

Cependant, le tirage « oui/non » peut tout de même être fun à réaliser ! Je vous conseille de le faire pour des questions plutôt légères pour commencer.

### Pourquoi réaliser un tirage « oui/non » ?

- Vous avez besoin d'une réponse rapide et claire.
- Vous avez une question pour laquelle vous n'avez pas besoin d'aller en profondeur.
- Vous avez le choix entre deux options et vous n'arrivez pas à vous décider.
- Vous cherchez une réponse binaire, à la manière d'un pendule.

### Dans quels cas éviter le tirage « oui/non » ?

- La question que vous posez mérite plus de contexte.
- Vous êtes émotionnellement impliqué : le « oui » ou le « non » peut alors être dur à recevoir tel quel.
- Vous attendez des cartes la réponse que vous voulez entendre.

### Le tirage « oui/non » à une carte

Prenez votre jeu et brassez-le de manière à avoir des cartes droites et des cartes inversées. Posez votre question et tirez une carte. Si la carte est inversée, la réponse est « non », si elle est droite, la réponse est « oui ».

Sortez de votre jeu les arcanes majeurs. Mélangez votre jeu, posez une question et sortez une carte. Si c'est un Pentacle, c'est « oui », mais avec une contrepartie. Si c'est un Bâton, « oui », mais il faudra travailler pour ça. Si c'est une Coupe, c'est « oui », et les choses viendront naturellement. Si c'est une Épée... c'est « non » !

## 11 - Le tirage « oui/non »

Prenez uniquement les arcanes majeurs de votre jeu. Selon la carte que vous tirez, vous aurez des éléments de réponses à votre question en oui/non. Évidemment, de la profondeur peut être apportée à votre réponse en interprétant la carte.

**Les cartes « oui » :** Le Fou, Le Magicien, L'Impératrice, Les Amoureux, Le Chariot, La Force, La Roue de Fortune, Tempérance, L'Étoile, Le Soleil, Le Jugement, Le Monde.

**Les cartes « non » :** La Mort, Le Diable, La Tour, La Lune.

**Les cartes « peut-être » ou « pas pour le moment » :** La Grande Prêtresse, L'Empereur, L'Hiérophante, L'Hermite, La Justice, Le Pendu.

### Exemple d'un tirage oui/non en trois cartes

Salomé veut déménager. C'est un grand projet de déménagement. Elle doit vendre la maison familiale, et ira s'installer dans un autre pays. Elle vous consulte pour savoir si c'est le bon moment pour commencer tout ça.

Vous avez battu le jeu et tiré trois cartes. Salomé a tiré la Reine d'Épées, l'As de Pentacles et La Mort - toutes les cartes sont droites.

Avec une carte d'Épées et La Mort, c'est « non ». Ce n'est pas le bon moment. La carte de Pentacles vient ajouter un petit bémol, d'autant que c'est un As (qui symbolise les débuts). Si elle commence maintenant, ce sera laborieux. Toutefois, rien ne l'empêche de planter la graine, poser des bases, avec pour objectif le déménagement. Par exemple, avec la carte de La Mort, elle peut d'ores et déjà faire du tri chez elle.

Au-delà du sens « oui/non » des cartes, la Reine d'Épées l'invite à réfléchir avec la tête froide. Elle doit laisser décanter le tirage qu'elle vient de recevoir et peut-être poser les grandes étapes de son projet sur papier, à l'écrit (mode de réflexion idéal des Épées) avant de se lancer (As de Pentacles) dans cette grande transformation (La Mort).

Posez une question fermée pour votre journée :

- Vais-je passer une bonne journée ?
- Vais-je rencontrer un ami aujourd'hui ?
- Aurais-je, aujourd'hui, la réponse que j'attends ?

Effectuez la méthode du tirage à une carte. Notez votre résultat dans votre carnet de tarot. Le soir, revenez dessus. Quelles conclusions pouvez-vous en tirer ?

## À vous de jouer !

### Le tirage « oui/non » à trois cartes

Prenez votre jeu et brassez-le de manière à avoir des cartes droites et des cartes inversées. Posez votre question et tirez trois cartes. Si deux ou trois sont droites, c'est « oui ». Si deux ou trois sont inversées, c'est « non ». Pour aller plus en profondeur sur le pourquoi et le comment de la réponse, vous pouvez interpréter les cartes.

### Mise en situation

Gaspard se demande s'il doit aller rejoindre ses amis sur les quais ce soir. Il n'arrive pas à se décider et sort les cartes suivantes :

Que pouvez-vous lui conseiller?

## 11 - Le tirage « oui/non »

### Laissez parler votre intuition

Quel mot voyez-vous en premier? La première interprétation que vous verrez sera celle qu'il vous faudra travailler en ce moment.

### L'Impératrice

| | | | | | | | | | | | | | |
|---|---|---|---|---|---|---|---|---|---|---|---|---|---|
| V | S | D | X | K | E | G | K | Y | G | P | P | S | I |
| I | N | Z | A | N | C | A | B | V | N | V | X | U | Q |
| C | G | H | M | N | L | J | A | M | O | U | R | Q | L |
| R | M | Q | L | C | O | I | S | P | P | T | L | V | C |
| E | S | F | G | X | S | Y | V | R | N | R | O | N | R |
| A | A | E | Q | S | I | F | W | T | N | J | B | Z | N |
| T | Y | R | A | B | O | N | D | A | N | C | E | Y | L |
| I | V | T | N | H | N | C | Y | M | L | E | A | T | C |
| V | E | I | E | A | N | D | L | F | V | C | K | E | A |
| I | N | L | L | Z | G | F | N | T | A | X | B | N | C |
| T | U | I | I | D | U | N | A | T | U | R | E | H | Q |
| E | S | T | S | R | L | R | P | C | M | M | B | B | B |
| V | J | E | H | E | N | K | S | H | L | R | N | G | V |
| C | O | K | S | P | B | I | B | R | C | U | I | G | L |

Quelle interprétation devez-vous travailler dans votre vie? Comment allez-vous faire?

..........................................................................................................................................

..........................................................................................................................................

..........................................................................................................................................

..........................................................................................................................................

# Chapitre 12

## Mise en situation

Il est grand temps pour vous de guider les personnes qui vous attendent ! Mais avant de vous lancer à tirer les cartes pour les autres, il y a des choses à savoir.

### Poser le cadre

**Le tarologue**, qu'il soit professionnel ou amateur, a des responsabilités. Il est important de nommer en introduction du tirage ce que vous pouvez et ne pouvez pas faire, et ce que vous ne *voulez* pas faire. Pour ma part, j'indique toujours ne pas tirer les cartes pour une tierce personne. (Je pourrais le faire techniquement, mais je refuse de le faire éthiquement.) Je tiens à ce que le tirage concerne la personne qui vient me voir directement. Je refuse également les questions de santé, financières et légales, car ces sujets sont sensibles et je n'ai pas d'expertise dessus. Donner un conseil médical peut être perçu comme de l'exercice illégal de la médecine. C'est toujours bon à savoir !

J'indique également que le tirage peut avoir des vertus thérapeutiques et libératrices, mais qu'il ne remplace pas le travail sur soi ou le fait de consulter d'autres professionnels quand c'est nécessaire.

Sachez que c'est tout à fait légitime de dire non quand on vous demande de faire un tirage - que ce soit un tirage pour lequel vous recevez une rémunération / un échange de service mais aussi si c'est un tirage que vous demande un ami. Ce « non » n'a pas à être justifié - si vous n'êtes pas à l'aise avec une question, ou une thématique, ou n'avez pas envie, c'est une **raison suffisante**. Vous pouvez ensuite choisir de l'expliquer ou non à la personne - ça dépendra de vous, et aussi de la relation que vous avez avec cette personne. Si c'est quelqu'un que vous voyez souvent, lui expliquer vos valeurs peut être une bonne chose, ça lui permettra aussi de mieux vous connaître, vous comprendre, et lui évitera de vous poser plusieurs fois les mêmes questions.

Si vous êtes professionnel ou que vous voulez vous professionnaliser, cela peut-être difficile de savoir comment vous situer face à vos amis. C'est à vous de vous donner un code de conduite, une règle, pour ne pas vous sentir mal de dire non, ou floué si vous n'osez pas dire non. Si c'est votre métier, vous n'avez peut-être pas envie de sortir vos outils de travail quand vous êtes entre amis, même si vous adorez ce que vous faites. Il n'y a pas de règles prédéfinies. Soyez à l'écoute de ce qui est juste pour vous.

### Le transfert

Comme pour toute discipline de conseil, il peut y avoir un transfert lors de la consultation. Il faut être vigilant sur cette question et si vous sentez qu'une personne (ou vous-même) n'est pas dans les bonnes conditions, il vaut mieux reporter le tirage.

# 12 - Mise en situation

## Poser des questions

Dans ma pratique, le tarot est un outil d'accompagnement. Ainsi, je tiens à instaurer le dialogue avec la personne qui vient me voir. C'est une méthode proche du coaching. Je pose des questions. Ce n'est pas une obligation, mais cela fait partie de mon cadre éthique. Et cela n'empêche pas une pratique divinatoire, si c'est ce que vous voulez faire. Le consultant peut alors se sentir impliqué. En adoptant ce que l'on appelle une « posture basse » en coaching, vous vous mettez au même niveau que votre interlocuteur, vous n'êtes pas dans la posture du détenteur du savoir qui délivre, et le consultant n'est pas dans la posture du receveur.

## Poser des questions au tarot… pour soi !

Vous connaissez sûrement l'expression qui dit que le cordonnier est le plus mal chaussé ?

Il est possible que ce soit vrai pour les tarologues… Nous sommes beaucoup de tarologues à être très bons pour tirer les cartes aux autres, mais quand il s'agit de nous, on est là, avec notre petit livret, à éplucher les significations… Et à l'inverse, il paraît que les personnes qui sont douées pour se tirer les cartes à elles-mêmes seraient moins bonnes pour tirer les cartes aux autres. Et vous, vous en pensez quoi ? Vous vous situez où ?

Ce qui est sûr en tout cas, c'est que c'est logique d'avoir plus de mal pour interpréter pour soi : on n'a moins de recul, on est très touché, on est au cœur du sujet. Pour l'autre, on a de la distance émotionnelle, on ne vit pas directement les événements.

De l'autre côté, c'est aussi ce qui peut bloquer les personnes qui ont plus de mal à tirer les cartes aux autres : ces personnes ne sont pas à l'aise avec la distance qu'elles peuvent ressentir, et sont bien plus à l'aise face à elles-mêmes car elles se connaissent bien.

Il est possible aussi que le profil de personnalité (extraverti ou introverti) influe sur la manière qu'on a de tirer les cartes/de se faire tirer les cartes.

Il n'y a pas de meilleure façon d'être et de faire : chaque personne a quelque chose à apporter au monde du tarot.

Dans les ateliers que j'anime, je croise énormément de personnes qui ne tirent les cartes que pour elles-mêmes - ces personnes m'ont énormément appris et ont aussi contribué à enrichir la façon dont je perçois le tarot.

Interprétez ces tirages.

## Naël - en reconversion

Naël est professeur des écoles, mais ce métier ne lui convient plus. Pourtant, il aime enseigner ! C'est le cœur déchiré qu'il vient vous voir, en espérant gagner en clarté.

Vous commencez avec un tirage simple en trois cartes (qui se lit de gauche à droite). Naël a tiré le 3 de Pentacles, le 9 de Coupes et le Page de Coupes.

..........

..........

..........

..........

## Oksana - nouveau départ

Oksana vient d'arriver dans un nouveau pays. Elle n'a pas de question précise, elle veut juste savoir ce qui l'attend pour le mois prochain. Vous choisissez de tirer une carte, en vous focalisant sur cette durée d'un mois. Oksana a tiré La Grande Prêtresse.

..........

..........

..........

..........

## Marie et Lily - achat d'une maison

Marie et Lily vivent heureuses dans leur appartement. Le problème, c'est que c'est une location en ville, et elles voudraient acheter leur premier bien, si possible à la campagne. Elles viennent pour savoir si c'est une bonne idée ou non. Vous optez pour un tirage « oui/non » en trois cartes. Marie et Lily ont tiré le 2 de Coupes inversé, le 8 d'Épées inversé et La Force.

..........

..........

..........

..........

## Quiz : quel tarologue êtes-vous ?

Plutôt conseiller ou oracle ? Plutôt cash ou pédagogue ? Ce petit quiz vous permet de mieux comprendre votre façon de lire le tarot pour les autres.

Vous apprenez le tarot :

- ☆ Par la numérologie, la logique des cartes.
- ☼ Intuitivement, au feeling.
- ☾ Par l'histoire de l'art, les cartes ont tant à raconter !
- ⊛ Grâce à du contenu web, des vidéos ou les réseaux sociaux.

L'arcane majeur que vous aimez le moins :

- ☼ La Justice
- ☆ La Lune
- ⊛ L'Empereur
- ☾ Le Chariot

Vous avez une préférence pour :

- ⊛ Les As, les débuts prometteurs.
- ☆ Les 5, les moments de crises sont toujours instructifs.
- ☾ Les 10, paroxysme et accomplissement.
- ☼ Les 4, où l'introspection est possible.

Si vous étiez un animal :

- ☼ La chouette
- ☆ Le renard
- ⊛ Le lion
- ☾ L'ours

# Chapitre 13

## Focus sur le... 10 de Pentacles

Comme vous le savez sûrement maintenant, **les Pentacles** concernent le monde physique et matériel, la santé, le corps, l'argent, etc.

Quand nous tirons le 10 de Pentacles, nous distinguons les énergies de la réussite, de la richesse (quelle que soit sa forme), du patrimoine, mais aussi de la transmission. Qu'est-ce que je transmets matériellement aux autres (à mes enfants, au monde, à mes disciples)? Cette carte symbolise la solidité, la famille, la communauté, le clan. Puisque cette carte symbolise la réussite, elle vous indique aussi que vous pouvez profiter et vous détendre.

### L'Arbre de Vie de la Kabbale

Sur la carte, vous pouvez voir dix pentacles qui sont répartis de manière à former l'Arbre de Vie de la Kabbale. Nous avons vu dans la partie consacrée aux arcanes majeurs l'importance de l'Arbre de Vie dans la construction du tarot Rider-Waite-Smith. En effet, Edward Waite et Pamela Colman Smith étaient tous deux membres de l'Ordre hermétique de l'Aube Dorée (aussi connu sous le nom Golden Dawn) d'Aleister Crowley. La Golden Dawn utilisait de nombreuses sources ésotériques, dont les enseignements de la Kabbale que l'on retrouve très présents dans le tarot créé par Waite et Smith.

Il n'y a que peu d'études sur la présence de cet arbre sur cette carte en particulier. Quand on connaît un peu la Kabbale, on peut y faire un lien entre la signification de la carte et la sephiroth Malkhout (la royauté).

En effet, le 10 de Pentacles, selon comment sont classées traditionnellement les cartes dans un tarot, est la dernière carte mineure numérale. C'est une forme d'accomplissement ultime de l'être humain, qui arrive à incarner pleinement sa présence sur le plan matériel. Malkhout est le complément de Kether (la couronne).

Le 10 de Pentacles évoque l'héritage et la transmission. Cet héritage peut bien sûr être familial, mais il peut s'agir d'un héritage culturel, spirituel, ou encore de quelque chose que l'on reçoit en étant connecté avec le divin.

Comment interprétez-vous la présence de cet Arbre de Vie?

### Symbolique du chiffre 10

Le 10 dans le tarot marque une complétion, la fin d'un cycle.

L'arcane majeur qui porte le chiffre 10 est l'arcane de La Roue de Fortune. Cette carte marque une transformation alchimique qui fait passer du premier au second décan du tarot. Cette étape marque donc une progression.

Pour Kris Hadar, le chiffre 10 (1 + 0) est le chiffre du retour à l'unité. Après avoir traversé le premier décan et rencontré les différents personnages, nous passons un premier processus d'alchimisation qui rejoint Le Fou.

## 13 - Focus sur le... 10 de Pentacles

L'être humain ne stagne pas, il avance ou il régresse. Ce qui peut être difficile avec La Roue ! Soit le mouvement nous fait avancer, et nous sommes capables de sauter vers le deuxième décan, soit nous manquons l'occasion et nous repartons au premier décan.

Le chiffre 10 invite à être opportuniste et à saisir la chance qui se présente, sinon, c'est la régression. Le 10 a beau être signe de complétion, c'est un mouvement malgré tout, pas une ligne d'arrivée. C'est aussi l'occasion d'exercer votre capacité à vous débrouiller, à gérer les choses à votre manière, malgré l'impermanence du monde qui vous entoure. Avec le 10, il ne faut pas être insouciant et se laisser porter par la vie, sans pour autant être dans la résistance. Ce chiffre vous demande toujours de muscler votre sécurité intérieure et de prendre vos responsabilités.

### Comment activer l'énergie du 10 de Pentacles quand il sort dans un tirage ?

- Rendre visite à sa famille.
- Faire quelque chose de concret pour sa communauté (don en nature ou financier, par exemple).
- Envisager sa vie sur le long terme (penser investissement, et non dépenses).
- Organiser un repas, un événement, une soirée, physiquement chez vous, c'est mieux, sinon dans la nature ou par visioconférence selon les possibilités.

Un exemple du 10 de Pentacles activé : le concept « La Table Artwork » de l'entreprise Artwork In Promess. Les deux fondateurs organisent des dîners chez eux, une façon pour eux de faire du réseau et surtout de parler de leur passion et de leur métier : l'art. Un bel exemple de transmission, de communauté et d'investissement.

### À quoi ressemble un 10 de Pentacles bloqué ?

- Se priver de plaisirs.
- Ne pas investir en soi ou dans ses projets (du temps, de l'argent, etc.).
- Manque constant d'énergie.
- Ne pas prendre soin de soi, de son image, de son bien-être.
- S'isoler, penser ne pas avoir besoin des autres, se renfermer par peur (de se faire voler ses idées, des autres).
- Penser en permanence que « c'est la faute à pas d'chance » plutôt que de voir les zones de responsabilité et d'action.
- Autosabotage.

## Tirage du 10 de Pentacles

Ce tirage a pour but de vous aider à canaliser l'énergie du 10 de Pentacles et de l'Arbre de Vie dans votre vie. Ce qui est intéressant ici, c'est le dialogue que vous initiez avec votre âme : vous ne posez pas de questions et ne déterminez pas d'objectif avant le tirage. C'est la première carte qui vous indiquera ce que veut vous communiquer votre âme à cet instant précis. Et de cette première carte, toutes les autres vous amènent à la réception finale de Malkhout, la carte numéro 10.

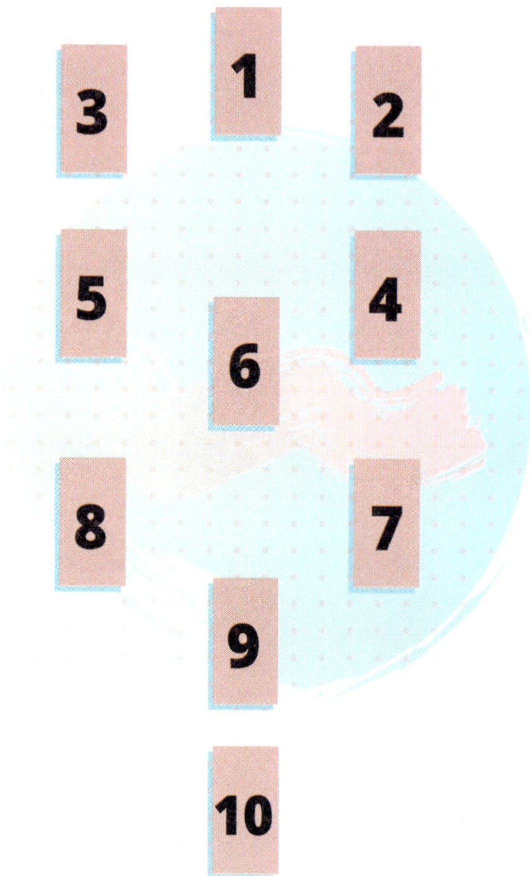

## 13 - Focus sur le... 10 de Pentacles

### Mots cachés

Retrouvez les mots-clés du 10 de Pentacles dans la grille.

| | | | | | | | | | | | | | |
|---|---|---|---|---|---|---|---|---|---|---|---|---|---|
| I | P | R | O | F | I | T | E | R | G | K | V | H | A |
| N | C | T | R | A | D | I | T | I | O | N | V | S | H |
| V | I | C | H | A | N | C | E | K | J | R | S | O | E |
| E | Q | Q | K | C | O | H | E | S | I | O | N | L | R |
| S | W | R | A | R | E | U | S | S | I | T | E | I | I |
| T | E | A | G | F | Y | X | C | T | I | C | E | D | T |
| I | N | L | D | A | H | E | Y | F | W | C | R | I | A |
| S | T | E | E | M | I | C | J | A | G | N | Y | T | G |
| S | O | N | L | I | M | N | C | Y | N | X | Q | E | E |
| E | U | T | E | L | C | T | U | L | C | M | I | Y | O |
| M | R | I | G | L | H | K | L | M | A | W | C | L | C |
| E | A | R | U | E | B | R | F | N | G | N | S | F | X |
| N | G | W | E | D | P | R | O | P | R | I | E | T | E |
| T | E | U | R | C | O | M | M | U | N | A | U | T | E |

CHANCE | CLAN | COHÉSION | COMMUNAUTÉ | DÉLÉGUER | ENTOURAGE | FAMILLE | GAIN | HÉRITAGE | INVESTISSEMENT | PROFITER | PROPRIÉTÉ | RALENTIR | RÉUSSITE | SOLIDITÉ | TRADITION

# Chapitre 14

## La roue astrologique

Vous connaissez l'**astrologie**? J'imagine que vous connaissez au moins votre signe solaire, celui que vous nommez quand on vous demande votre signe ou que vous cherchez dans la page « horoscope » du journal gratuit distribué dans votre ville. Évidemment, comme le tarot, l'astrologie est une discipline bien plus complexe que cela.

Votre carte du ciel se découpe en douze maisons qui correspondent à des domaines de votre vie (carrière, sexualité, relations, etc.) et sont réparties en douze signes, eux-mêmes divisés en trente degrés. Ainsi, si vous êtes Balance, cela signifie que le soleil était en Balance au moment de votre naissance. Mais cela n'est qu'une infime partie de votre carte astrale.

Je vous propose de prendre le tarot pour éclaircir votre carte du ciel.

Le tirage de la roue astrologique vous permet de vous comprendre à un niveau plus profond, sans pour autant avoir besoin de connaître l'astrologie sur le bout des doigts. Attention, ce tirage ne remplace pas une carte astrale, et si vous avez envie d'aller plus loin dans ce domaine, je vous invite à vous tourner vers un astrologue. La roue astrologique vous permet seulement de tirer des enseignements ancrés dans le présent en lien avec votre carte d'identité stellaire.

### Le tirage

Maison 1 - Personnalité

La maison 1 est la maison de votre ascendant.

- Quelle est ma plus grande force?
- Qu'est-ce qui est challengé chez moi en ce moment (ou cette année, ce mois-ci...)?

Maison 2 - Ressources matérielles

- Quelle est la ressource qui est à ma disposition et qui pourrait m'aider à affronter mon challenge (carte 2)?

## 14 - La roue astrologique

Maison 3 - Communication

- Comment puis-je m'exprimer plus clairement ?

Maison 4 - Racines

La maison 4 est également appelée « fond du ciel ».

- Quels acquis de mon passé familial peuvent me guider dans mon challenge actuel (carte 2), et comment ?

Maison 5 - Créativité et plaisir

- Comment puis-je prendre du plaisir dans les prochains jours ?

Maison 6 - Travail et santé

- Quelle pratique puis-je mettre en place pour améliorer mon niveau de bien-être et d'énergie ?

Maison 7 - Société et relations

La maison 7 est aussi appelée « le descendant ».

- Qu'est-ce qui me nourrit chez les autres ?

Maison 8 - Crises et transformations

- Comment puis-je me connecter à mes capacités psychiques ?

Maison 9 - Philosophie

- Qu'est-ce qui me guide actuellement ?

Maison 10 - Accomplissement social

La maison 10 est aussi appelée « milieu du ciel ».

- Dans quels domaines puis-je m'accomplir et être reconnu ?

Maison 11 - Collectif

- Qu'est-ce que j'apporte à mes communautés ?

Maison 12 - Introspection et épreuves

- Quel est mon essentiel ?

## Réalisez votre roue astrologique !

Commencez par réaliser votre carte du ciel (vous trouverez de nombreux sites sur Internet qui vous permettent de le faire gratuitement). Choisissez bien l'option « Maison vraie », pour que chaque maison coïncide avec le degré 0 d'un signe ; ce sera plus facile pour vous de lire votre carte.

Sur la carte vierge que vous trouverez ci-après, reportez le numéro des maisons au niveau de chaque signe. Par exemple, quelqu'un qui est Vierge ascendant Capricorne placera sa maison 1 au niveau du Capricorne, sa maison 2 sur le Verseau, sa maison 3 sur les Poissons, et ainsi de suite.

Réalisez votre tirage en déterminant une période (un mois, six mois, un an, cet été...) et reportez les cartes que vous avez tirées sur la roue ci-dessous.

Puis, à vous de jouer, analysez votre tirage ! Quand la période est terminée, vous pouvez revenir sur votre tirage pour observer comment les choses ont évolué.

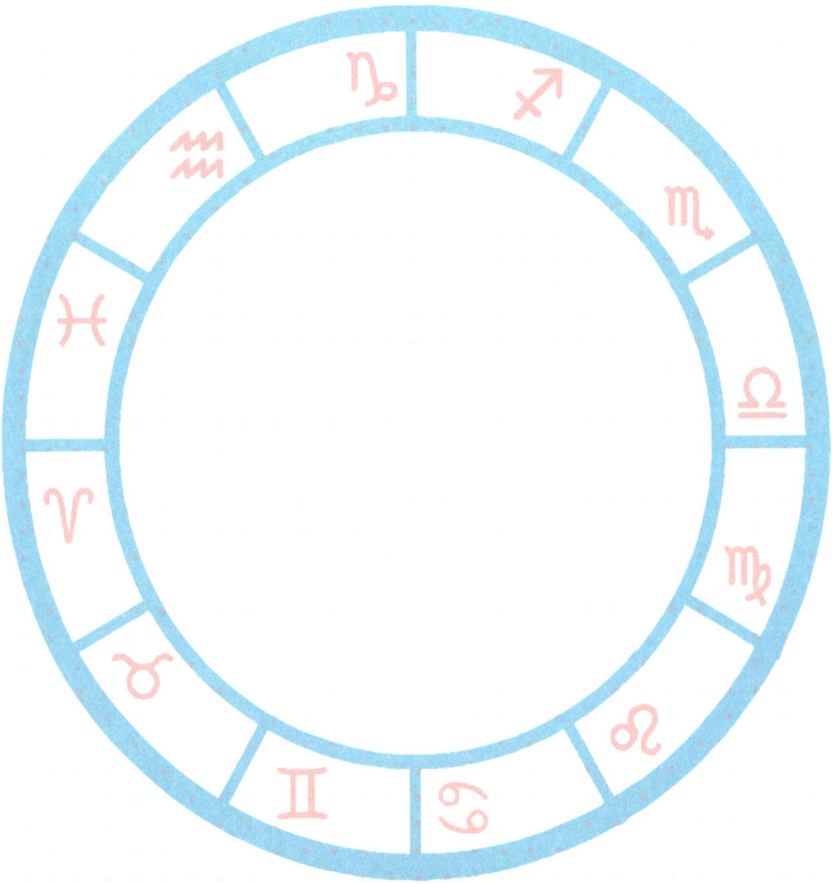

## 14 - La roue astrologique

# Chapitre 15

## Repérer les schémas dans un tirage

Vous l'avez peut-être déjà remarqué en analysant vos tirages, parfois des **schémas** vous sautent aux yeux, indépendamment du tirage que vous aurez choisi.

Par exemple, dans un tirage, il y a plusieurs figures : le Valet, le Cavalier et le Roi. Ou une suite de chiffres qui se suivent. Ou uniquement des 4, des 5, etc. Ou alors, quand les cartes sont placées, deux personnages se tournent le dos ou se font face.

Ces schémas doivent être pris en compte dans un tirage, ils sont aussi importants qu'une carte. Un tirage de tarot a différentes manières de parler. Si un tirage contient beaucoup de 5, le tirage montre une situation difficile, lourde, puisque le 5 représente les crises et les conflits.

Si c'est une suite de chiffres qui augmente (par exemple 3, 4, 5), il est possible d'y lire une progression du consultant ou de la situation. Si ces chiffres sont présents mais ne se suivent pas dans le tirage, la progression est possible, mais bloquée pour le moment. Pour remettre les choses en place, la personne devra accomplir quelque chose. Vous pouvez éventuellement tirer une autre carte pour éclaircir ce point, ou utiliser les cartes déjà présentes.

Si le tirage présente beaucoup d'As, de Valets ou même Le Magicien : le tirage regorge de potentiel, mais rien n'est encore concret. De belles promesses, mais rien de tangible.

Pour repérer les schémas, observez aussi les dessins sur les cartes. Si les cartes de tarot portent des illustrations, ce n'est pas uniquement pour nous ravir les yeux ! Les dessins en eux-mêmes portent un sens et il peut être très simple d'en tirer un enseignement.

J'aime aussi beaucoup, dans ce genre de tirage, observer « ce qui manque ». Un tirage sans Coupes me fera dire que la personne aura peut-être besoin de replacer de l'émotionnel dans sa vie si elle veut avancer vers son objectif, ou désignera peut-être un moment où il faut laisser l'affect de côté pour garder les idées claires. Le tarot est un art subtil et il est difficile de ne donner qu'une seule interprétation. Je vous conseille de jouer et tester en gardant l'esprit ouvert.

### Harmoniser les éléments : idées de choses à faire

- Air : vous exprimer, créer, tenter quelque chose de nouveau, avoir une nouvelle approche, échanger, parler.
- Terre : mettre le nez dans vos comptes, réorganiser votre intérieur, vous promener en extérieur.
- Feu : faire du sport, bouger, suivre votre spontanéité.
- Eau : arts, vous faire plaisir, profiter de l'eau dans la nature.

# 15 - Repérer les schémas dans un tirage

## Astuces pour garder l'esprit ouvert avant un tirage

Comme vous le savez maintenant, tirer le tarot vous demande des capacités réceptives. Il ne s'agit pas que de capacités spirituelles ; il faut aussi être en mesure d'accepter les conseils prodigués par le tarot.

Pour garder vos capacités réceptives spirituelles en éveil, vous pouvez utiliser :

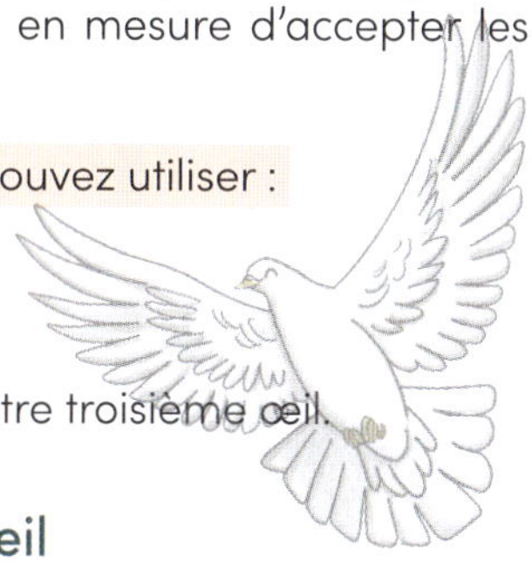

- des cristaux : améthyste, cristal de roche, aquamarine.
- de l'encens : armoise.
- la visualisation d'un rayon de lumière blanche qui touche votre troisième œil.

## Garder vos capacités réceptives émotionnelles en éveil

Pour cela, il est nécessaire de vous reconnecter à votre sécurité intérieure. En faisant cela, vous déconnectez le « mauvais ego », celui qui vous bloque, et vous vous ouvrez aux possibles.

Pour vous reconnecter à votre sécurité intérieure, vous pouvez :

- effectuer une danse libre avec des mouvements ondulant le bassin et les bras ;
- verbaliser ce qui vous bloque, vos peurs et vos questions dans un journal.

## Se créer un rituel

Se créer un rituel de tarot n'est en aucun cas une nécessité, mais il vous permet de mettre en place un cadre propice dans lequel vous invitez votre intuition.

Votre rituel doit vous ressembler et peut être évolutif. Peut-être aurez-vous besoin de créer quelque chose de cérémoniel ou, au contraire, quelque chose de très simple.

## Un rituel simple que j'affectionne beaucoup

- Prendre mes cartes de tarot.
- Allumer une bougie.
- Fermer les yeux et imaginer une lumière qui touche mon troisième œil et qui m'entoure.
- Si je tire pour quelqu'un d'autre à distance, me connecter à la personne : penser à elle, lire un message qu'elle m'a envoyé.
- Si je tire pour quelqu'un d'autre en présentiel, lui faire couper le jeu.
- Battre les cartes tant que j'en ressens le besoin.
- Procéder au tirage.
- Quand le tirage est terminé, taper dans mes mains pour disperser les énergies.
- Éteindre la bougie.
- Prendre quelques minutes pour inspirer profondément afin de revenir pleinement dans mon corps.

## Le tirage des éléments

Sortez les seize figures. Parmi elles, choisissez de travailler avec les Pages, les Cavaliers, les Reines ou les Rois. Cela n'a pas une grande importance. Sortez donc les figures que vous avez choisies de chaque suite. Si vous avez choisi de travailler avec les Cavaliers, vous allez sortir les Cavaliers de Bâtons, de Coupes, d'Épées et de Pentacles.

Parmi vos cartes, choisissez-en une qui vous représente.

Vous allez ensuite les battre et les disposer, comme dans un tirage classique :

- en bas, la carte dans la position terre ;
- en haut, la carte dans la position air ;
- à gauche, la carte dans la position feu ;
- à droite, la carte dans la position eau.

Retournez les cartes. Si votre signifiant est dans la position de son élément, alors vous êtes pour le moment dans un bon équilibre personnel. Si ce n'est pas le cas, il va falloir changer de petites choses dans votre quotidien pour réaligner tout ça.

Si vous avez choisi le Cavalier de Coupes et qu'il tombe à droite, dans la position eau : tout va bien. Mais s'il tombe dans la position feu, il n'est pas à sa place. Vous allez alors devoir harmoniser l'eau dans votre vie en vous concentrant sur d'autres choses : la terre, le feu et l'air.

Si dans votre tirage un autre Cavalier est bien placé, mais que ce n'est pas votre signifiant : ne vous en occupez pas pour votre réharmonisation, concentrez-vous sur ce qui n'est pas à sa place. Si votre cavalier de Coupes est en position feu et le Cavalier d'Épées en position air, vous allez vous concentrer uniquement sur la terre et le feu (le Cavalier de Pentacles et le Cavalier de Bâtons).

## Repérer les schémas dans les tirages suivants

Que pouvez-vous observer dans les tirages suivants ? Sans vous lancer dans une interprétation, que pouvez- vous conclure à partir de vos observations ?

## 15 - Repérer les schémas dans un tirage

# Chapitre 16

## Dater un tirage

Au fur et à mesure de votre pratique, vous aurez peut-être envie d'apprendre à dater vos tirages.

D'expérience, quand je ne pose pas de date limite à un tirage, les énergies qui se manifestent à travers les cartes peuvent mettre entre un et deux ans à se réaliser complètement. Je reçois régulièrement des messages de personnes que j'ai rencontrées deux ans auparavant et qui peuvent enfin voir toute la mesure du tirage que je leur ai délivré.

Si vous tirez les cartes à quelqu'un et que tout ne prend pas sens tout de suite : c'est tout-à-fait normal !

Cependant, il est possible d'interroger le tarot avec une notion de temps ou de date : c'est le cas si vous vous tirez une carte quotidiennement pour avoir les tendances du jour, par exemple.

### Fixer une date limite

Une manière simple et efficace d'ancrer un tirage dans le temps est tout simplement de décider quelle durée vous voulez couvrir avant de tirer les cartes.

Par exemple :

- J'interroge les énergies du jour.
- Où en sera ma vie amoureuse dans six mois ?

# 16 - Dater un tirage

## Utiliser les symboles du tarot

Vous pouvez également, pour dater un tirage, utiliser les symboles présents sur le tarot. Si vous tirez Le Soleil, votre tirage aura des chances de viser la période estivale.

Les figures peuvent représenter les quatre saisons.

- Le Valet est le printemps.
- Le Cavalier est l'été.
- La Reine est l'automne.
- Le Roi est l'hiver.

Les suites peuvent aussi être un marqueur de temps.

- Les Épées, le temps bourgeonnant du printemps ou la rapidité.
- Les Coupes, le temps contemplatif de l'été ou un temps d'intégration intérieur (parfois long).
- Les Pentacles, le temps abondant de l'automne ou la patience, les choses ne viennent pas immédiatement.
- Les Bâtons, le temps transformateur de l'hiver ou la rapidité qui suit une décision franche.

Les chiffres évidemment peuvent également vous aider : un As peut symboliser un jour, un mois, un an... À vous de poser votre convention avant le tirage si vous voulez gagner en précision.

## Votre tirage estival

Puisque c'est l'été, je vous propose de réaliser le tirage de votre choix pour les trois prochains mois de la saison estivale. Voici quelques questions que vous pouvez vous poser :

- De quoi seront faits les trois prochains mois ?
- Que vais-je apprendre dans les trois prochains mois ?
- Quel est le message que je dois recevoir pour les trois prochains mois ?
- Comment passer un super été ?

## Le tirage calendrier

Ce tirage est aussi incroyablement simple. Vous pouvez le faire sur trois mois, six mois, un an. L'idée, c'est tout simplement de poser devant vous une carte par mois. Vous pouvez aussi le faire à l'échelle hebdomadaire, ou même annuelle, mais plus les tirages vont loin dans le temps, plus il est difficile de se connecter aux énergies, pour la simple et bonne raison que vous et votre vie allez beaucoup changer avec le temps.

Ici, contrairement au tirage précédent, l'idée n'est pas de fixer une intention en limitant dans le temps le champ des réponses que l'on veut recevoir, mais bien de tout simplement tirer une carte par mois, et de laisser parler la carte.

## Votre tirage calendrier

Vous pouvez ci-contre réaliser votre tirage pour les six prochains mois. Je vous invite à y revenir régulièrement pour voir comment les cartes se sont manifestées dans votre vie, et ce que vous pouvez en comprendre *a posteriori*.

Ce tirage commence quand vous voulez. Vous pouvez le commencer en juin et poursuivre avec juillet, août, septembre, etc. J'aime beaucoup proposer ce genre de tirages pour les anniversaires ou la nouvelle année.

## 16 - Dater un tirage

# Chapitre 17

## Focus sur le... Page d'Épées

Le Page d'Épées fait partie de la grande famille des figures. Les figures posent souvent difficulté aux personnes qui tirent les cartes. On ne sait jamais si on doit les lire comme des personnes, des qualités, des événements, des archétypes, des moments de l'année, des énergies... Et si je vous disais que vous pouvez les lire de toutes ces manières ?

Mon astuce de tarologue : décidez en amont de votre tirage si les figures que vous tirerez potentiellement seront interprétées comme une personne extérieure, ou autre ! Avec le temps et la pratique, je sais instinctivement quand une figure représente la personne pour qui je tire les cartes.

Les Épées forment une famille crainte. Quand on regarde les cartes des Épées, on se dit : « Ouh là là, je voudrais pas me retrouver là-dedans ! » Comme toutes les cartes challengeantes, elles représentent malgré tout une opportunité de croissance et d'affirmation de soi.

Le Page d'Épées fait preuve d'une grande vivacité d'esprit. Je l'associe volontiers au signe des Gémeaux, ce signe très intellectuel, placé sous l'égide de Mercure, mais qui sait aussi être joueur et tromper son monde (sans jugement de valeur ici, les Gémeaux sont créatifs, et nous les retrouvons souvent dans les arts, notamment le rap, un univers musical où construire son personnage fait partie du *game*). Le Page d'Épées est donc capable de prendre de la hauteur, de peser le pour et le contre, et on pourrait même se dire qu'il aborde les choses froidement. Pourtant, il cherche le jeu, l'amusement. Il est complètement toujours là pour commencer une nouvelle aventure (c'est un Page, après tout), mais il ira avec son intellect et sa légèreté. C'est une personne curieuse, que vous ne trouverez pas partout. Ce Page montre un grand intérêt pour les choses inconnues et qui demandent de l'étude. Il vit souvent dans son monde, un peu dans les nuages, ce n'est pas pour rien qu'il est de la famille de l'air !

### Comment activer l'énergie du Page d'Épées quand il sort dans un tirage ?

- Vous renseigner avant d'agir, faire des recherches.
- Peser le pour et le contre.
- Aborder les choses avec le moins de biais et de croyances possible.
- Communiquer clairement ce que vous voulez.
- Suivre les bonds de votre esprit et le cours de vos pensées.
- Vous promener dans le monde riche de votre intellect.
- Créer du lien entre les choses, entre vos idées.

## 17 - Focus sur le… Page d'Épées

Un exemple de Page d'Épées activé : l'artiste et influenceuse Natacha Birds. Je ne la connais pas personnellement, mais son univers bien à elle est riche de ce qu'elle a pu apprendre au cours de sa vie, de toutes ses inspirations, et en même temps, elle nous embarque dans un voyage inédit, très particulier, que ce soit sur sa chaîne YouTube, son Instagram, ses peintures, son livre…

### À quoi ressemble un Page d'Épées bloqué ?

- Vous parlez trop vite, et le regrettez parfois.
- Vous râlez beaucoup – certes, parfois, ça fait du bien et c'est nécessaire, mais parfois, ça vous mine et ne vous aide pas à élever votre énergie.
- Vous jugez/décidez de manière hâtive.
- Vous agissez comme si rien n'avait de conséquence.
- Vous ne suivez pas vos idées originales, vous vous forcez à rentrer dans un moule qui n'est clairement pas fait pour vous.

## Les Pages

Retrouvez les mots-clés du Page d'Épées dans la grille.

| | | | | | | | | | | | | | |
|---|---|---|---|---|---|---|---|---|---|---|---|---|---|
| O | I | E | O | C | Z | C | B | D | O | D | K | G | G |
| P | R | I | N | T | E | M | P | S | P | E | F | C | I |
| Q | P | E | N | F | A | N | T | I | P | C | O | E | T |
| H | Z | D | E | T | R | U | I | I | O | O | M | T | T |
| I | C | G | V | V | A | R | X | Y | R | U | J | U | F |
| P | F | P | H | W | X | R | T | A | T | V | U | D | N |
| O | L | P | R | D | D | O | R | X | U | E | Z | I | O |
| T | S | H | Y | G | B | V | G | Q | N | R | L | A | U |
| E | F | E | C | U | R | I | O | S | I | T | E | N | V |
| N | S | W | A | O | X | W | G | J | T | E | B | T | E |
| T | W | K | O | S | U | N | H | S | E | F | Y | P | A |
| I | R | D | S | X | X | N | O | K | N | N | S | B | U |
| E | I | Q | Z | E | N | R | R | V | O | V | B | K | T |
| L | P | C | P | T | F | J | S | J | L | R | O | A | E |

CURIOSITÉ

DÉCOUVERTE

ENFANT

ÉTUDIANT

NOUVEAUTÉ

OPPORTUNITÉ

POTENTIEL

PRINTEMPS

## Le Page d'Épées dans la vraie vie

Le Page d'Épées n'est pas qu'une figure du tarot ! Vous pouvez rencontrer des Pages d'Épées au cours de votre vie.

Entourez dans la liste suivante les métiers, traits de personnalité, lieux, activités qui peuvent être associés au Page d'Épées.

Bibliothèque - Moment convivial entre amis - Analyste de données - Voyages - Débats - Intuitif - Psychologue - Déterminé - Journaliste - Vérificateur de faits - Travaux publics - Astrologue - Agent des renseignements - Herboriste

## 17 - Focus sur le... Page d'Épées

### Labyrinthe du Magicien

Pour commencer son aventure dans le tarot, le Magicien a besoin que vous l'aidiez à retrouver ses accessoires.

## 1 - Reprise toute douce

### Testez vos connaissances

| | Vrai | Faux |
|---|---|---|
| Vous devez vous faire offrir votre premier jeu de tarot. | | X |
| Il existe un seul type de tarot. | | X |
| Il y a 4 suites dans le tarot. | √ | |
| Les arcanes majeurs sont des cartes plus importantes que les autres. | | X |
| Le tarot peut être appris par toutes et tous. | √ | |
| Les Pentacles sont la suite des émotions. | | X |
| Les Épées sont la suite de l'air. | √ | |
| Les Coupes sont la suite du psychisme. | √ | |
| Les Bâtons sont la suite de l'intellect. | | X |
| Les figures représentent toujours une personne dans un tirage. | | X |
| Le Roi est la figure la plus forte. | | X |

### Reliez les points

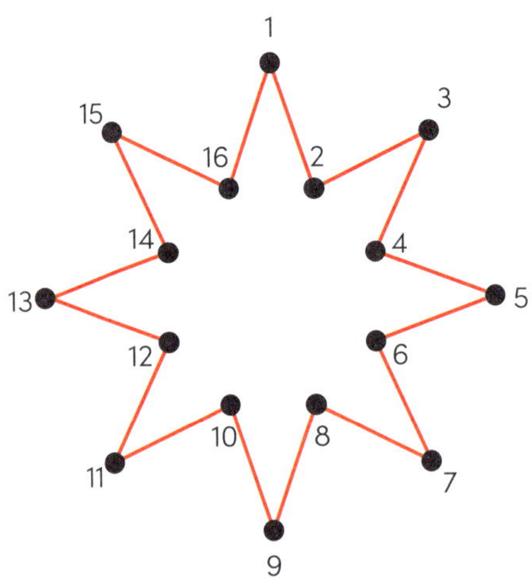


Figure 1 : issue de la carte de l'Étoile.

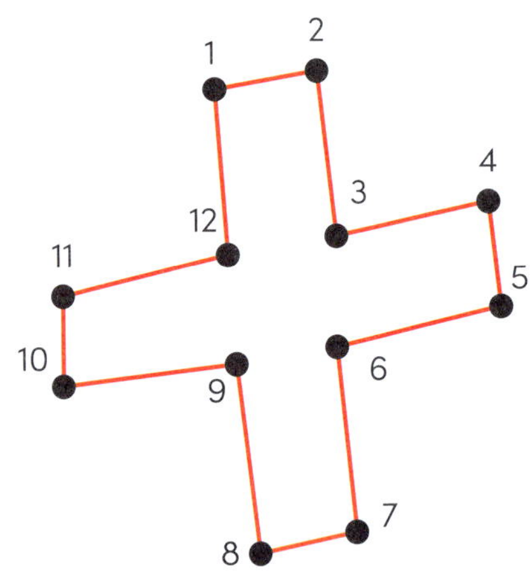


Figure 2 : issue de la carte du Jugement.

## Labyrinthe de la Reine de Pentacles

## 2 - Piqûre de rappel sur les suites

## Mandala

Le mandala est issu de la carte de la Grande Prêtresse.

## Repérez les suites dans les arcanes majeurs

| | Coupes / Eau | Bâtons / Feu | Pentacles / Terre | Épées / Air |
|---|---|---|---|---|
| Le Fou | La mer | Le bâton, le soleil, le chien | La falaise, la montagne | Le vêtement léger du Fou |
| Le Magicien | La coupe | Le bâton | Les fleurs, le pentacles | L'Épée |
| La Grande Prêtresse | Le croissant de lune, la couronne lunaire | - | Les grenades sur le rideau | Le rouleau de Torah |
| L'Impératrice | - | Le sceptre | Le paysage | - |
| L'Empereur | La cascade d'eau | Le sceptre | L'arrière-plan | - |
| L'Hiérophante | - | La couronne, le sceptre | - | - |
| Les Amoureux | - | - | Le jardin | L'ange et ses ailes |
| Le Chariot | - | Le bâton tenu par le personnage | - | - |
| La Force | - | - | Les fleurs et l'environnement | - |
| L'Hermite | - | Le bâton, la lumière | - | - |
| La Roue de Fortune | - | - | - | Les nuages, l'oiseau, l'ange, les ailes, l'épée du Sphinx, le livre |
| La Justice | - | - | - | L'épée |
| Le Pendu | - | L'auréole | Les feuilles, le bois | Le vêtement drapé et fluide |
| La Mort | - | Le soleil | - | - |
| Tempérance | L'eau, les coupes | La couronne auréolee | Le paysage | Les ailes |
| Le Diable | - | Le feu, la torche | - | - |
| La Tour | - | Le feu, l'éclair | - | Les nuages |
| L'Étoile | L'eau, les jarres | Les étoiles dans le ciel | L'environnement | L'oiseau |
| La Lune | La lune, l'eau, le scorpion | - | Le paysage | - |
| Le Soleil | - | Le soleil, les tournesols | - | Le tissu fluide |

| | | | | |
|---|---|---|---|---|
| Le Jugement | L'eau | - | Les montagnes | Les nuages, les ailes de l'ange |
| Le Monde | Le cocon ovale | Les bâtons | Les lauriers | Les nuages, le tissu drapé |

Que pouvez-vous en déduire ?

Les quatre éléments sont présents dans les arcanes majeurs. Ils viennent nous indiquer la couleur de l'arcane, son ou ses domaine(s).

Quel(s) schéma(s) voyez-vous sur les cartes ?

Certaines cartes ont tous les éléments, d'autres un à trois.
Les cartes possédant tous les éléments sont des cartes alchimiques.

Comment cela peut impacter votre façon de lire le tarot ?

Les éléments manquants et présents peuvent vous donner des indications sur les éléments sous-jacents d'un tirage.

## Testez vos connaissances !

| | Vrai | Faux |
|---|---|---|
| Une suite contient 10 cartes. | | X |
| Chaque suite représente un élément. | √ | |
| On peut dire de la Reine d'Épées qu'elle est honnête et franche. | √ | |
| On peut dire du Valet de Coupes qu'il est en quête spirituelle. | | X |
| On peut dire du Roi de Pentacles qu'il a peur du manque. | | X |
| On peut dire du Cavalier de Bâtons qu'il est guidé par sa passion. | √ | |
| Si vous tirez le 2 de Pentacles droit, il est possible que les conséquences d'actions menées par le passé se manifestent à vous. | √ | |
| Si vous tirez le 9 d'Épées inversé, vos rêves ont une chance de se concrétiser. | √ | |
| Si vous tirez le 5 d'Épées droit, il peut s'agir d'une période de deuil. | | X |
| Si vous tirez le 8 de Coupes droit, il est temps d'aller voir ailleurs si vous y êtes. | √ | |
| Si vous tirez l'As de Pentacles droit, vous allez gagner au loto (au revoir, au revoir, Président...). | | X |
| L'As de Bâtons inversé est un peu mou du genou. | √ | |
| « Lève ton verre », voilà ce qui est dit au personnage assis sur le 4 de Pentacles. | | X |
| Si vous tirez le 6 de Bâtons inversé, vous pouvez négocier et persuader vos interlocuteurs facilement, la jouer fine en loucedé. | | X |

## 3 - Le b.a.-ba d'un tirage

### Testez vos connaissances !

| | Vrai | Faux |
|---|---|---|
| Il faut allumer **une bougie et un encens** avant de tirer le tarot. | ☐ | X |
| Les cartes inversées portent **malheur**. | ☐ | X |
| Un jeu doit **être purifié** après chaque tirage. | ☐ | X |
| Il est interdit de tirer les cartes quand on est **malade**. | ☐ | X |
| On peut utiliser **la main** que l'on souhaite pour couper un jeu. | √ | ☐ |
| Il vaut mieux **se protéger** avant un tirage. | √ | ☐ |
| Faire un tirage en étant **bouleversé** n'a aucun impact sur l'interprétation de celui-ci. | ☐ | X |

### Rébus

| tri | S | thé | S |
|---|---|---|---|

Une signification du 5 de Coupes → la **tristesse**.

| P | rue | dent | S |
|---|---|---|---|

Une signification du 9 de Bâtons → la **prudence**.

| S | œufs | craie |
|---|---|---|

La Grande Prêtresse les garde → les **secrets**.

## 4 - Les arcanes majeurs

### Reliez les arcanes majeurs à leur description

| | |
|---|---|
| L'Hermite | Il est important que je prenne le temps de peser le pour et le contre pour prendre la décision la plus juste pour moi à ce moment précis. |
| La Grande Prêtresse | Les choses sont arrivées à leur terme et cette situation ne peut plus avancer. Un nouveau cycle commence. |
| La Justice | Je dois prêter attention à garder une vision claire, à ne pas me laisser aveugler par mon enthousiasme. |
| Le Diable | Les choses ne sont pas ce qu'elles semblent être. Que dit mon intuition ? |
| Le Soleil | Mon entourage est très important dans mon évolution. Je suis arrivé à un moment où je dois reconsidérer certaines relations. |
| La Lune | Je retiens ma puissance en moi. Si je m'y oppose, cela risque d'exploser. |
| Le Pendu | Avant de pouvoir me sentir bien dans une relation, je dois me sentir pleinement moi en étant seul. |
| Le Monde | Une nouvelle étape de ma vie commence, je l'aborde l'esprit léger et sans a priori. |
| Le Fou | Ma position dans cette relation est-elle agréable ? Suis-je bourreau, sauveur, victime ? Cette situation, bien que difficile, m'apporte des bénéfices secondaires. |
| La Tour | Changer de point de vue est nécessaire. |
| Les Amoureux | Tout n'a pas besoin d'être dit, exposé. Je peux garder mon jardin secret. |

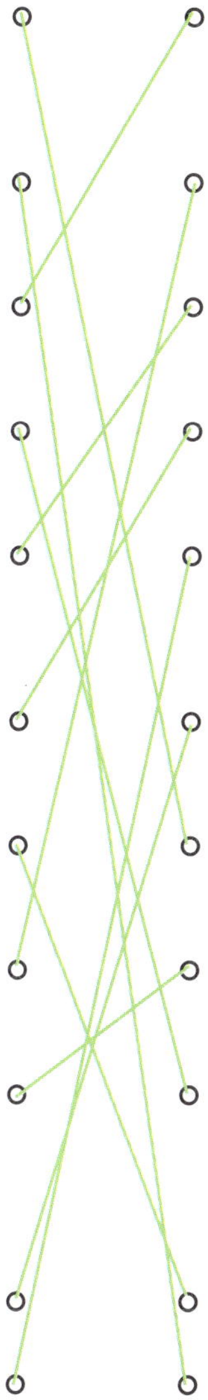

# Corrections

## Chassez l'intrus !

Entourez les 2 qualités qui définissent le mieux chaque arcane parmi les 3 propositions.

Le Jugement

Inspiration - Renouvellement - Procès

L'Hiérophante

Guide - Vision - Mentor

L'Impératrice

Nature - Structure - Responsabilités

Tempérance

Justice - Communication - Amour

L'Empereur

Organisation - Manipulation - Vision

L'Étoile

Connexion au divin - Destinée - Être soi

Le Magicien

Agilité - Pouvoir - Possibilités

La Roue de Fortune

Intuition - Chance - Impermanence

La Force

Feu intérieur - Maîtrise de soi - Foncer

La Mort

Échec - Fin brutale - Terreau fertile

Le Chariot

Apparences - Avancer - Force

## Testez vos connaissances !

| | Vrai | Faux |
|---|---|---|
| Les arcanes majeurs représentent le quotidien. | | X |
| Le parcours du Fou est un voyage initiatique. | √ | |
| L'Empereur dans un tirage représente toujours un homme psychorigide. | | X |
| La Mort est en fait un excellent présage. | √ | X |
| Il est interdit d'utiliser uniquement les arcanes majeurs pour un tirage. | | X |
| Les arcanes majeurs peuvent se découper en trois parcours. | √ | |
| Les arcanes majeurs peuvent se découper en décans. | √ | |
| Parmi les arcanes majeurs se trouve votre carte de naissance. | √ | |
| Les arcanes mineurs sont moins forts que les arcanes majeurs. | | X |

5 - Mieux se connaître avec le tarot

## Quel archétype vous accompagne cet été ?

Vous avez une majorité de ☆, vous êtes accompagné par le 10 de Pentacles.

Carte de la famille, de la réussite et de la transmission, elle évoque le clan. Il peut s'agir de liens de sang ou de liens choisis.

Cet été, vous recherchez la communion avec vos proches et avec des choses qui vous nourrissent profondément. Votre entourage est votre richesse, c'est auprès de lui que vous allez vous recharger. Cette carte invite également à redescendre dans le concret. Le bien-être spirituel passe aussi par le juste équilibre entre le quotidien, les moments avec les autres et les moments de recueillement.

Vous avez une majorité de ☼, vous êtes accompagnés par L'Hermite.

Avec ces énergies, vous êtes invité au calme et au repos. Pas de fêtes endiablées sur la plage. Vous avez besoin de faire le point et de retrouver qui vous êtes. Ça passe, pour commencer, par un temps de retrait, et ça demande aussi de vous passer des conseils des autres. Que vous indique votre boussole intérieure ?

Vous avez une majorité de ❀, vous êtes accompagné par le Roi de Bâtons.

Vous n'avez pas envie de prendre quoi que ce soit et qui que ce soit en considération, cet été pour vous c'est un peu *« me, myself, and I »*. Vous n'avez aucun scrupule à annuler des engagements qui ne vous font plus kiffer (pensez quand même à prévenir les personnes concernées), à changer radicalement vos plans et à suivre vos envies. Juste une petite question : est-ce un mouvement de fuite de l'ego, ou une vraie reconnexion à l'énergie sacrale de votre bassin ?

Vous avez une majorité de ☾, vous êtes accompagné par Le Magicien.

Cet été, c'est VOTRE été. Vous vous sentez capable de tout, de soulever des montagnes, même si je ne sais pas trop ce que vous allez faire avec une montagne sur les bras. Tout est possible, mais attention toutefois à ne pas vous disperser jusqu'à vous retrouver vidé et exténué, sans ressources comme la cigale. Chanter tout l'été, oui, mais si ça vous recharge et vous fait du bien sur le long terme, c'est plus kiffant encore !

## Mots croisés

| | | | | | | | | | | | |
|---|---|---|---|---|---|---|---|---|---|---|---|
| | | 3 | | | 10 | B | | | | 8 | C |
| | | T | 12 | M | O | R | T | | | | O |
| | | R | | | | A | | | | | N |
| | | O | | 6 | | S | | | | | S |
| 2 | | I | | D | 5 | S | E | C | R | E | T |
| J | U | S | T | I | C | E | | | | | R |
| | | | | V | | R | | 7 | | | U |
| | | 4 | Y | I | N | | | Q | | | C |
| | | | | N | | | | U | | | T |
| | | 9 | P | A | M | E | L | A | | | I |
| | | | | T | | | | T | | | O |
| | | 11 | M | I | N | E | U | R | S | | N |
| | | | | O | | | | E | | | |
| | 1 | P | E | N | D | U | | | | | |

## 7 - Étude d'un symbole : la coupe

## À vous de jouer !

1 - La Coupe représente l'intuition, le psychisme, la créativité, la douceur, le temps tranquille. Elle symbolise la réceptivité, la capacité à recevoir, mais aussi le flux qui circule entre deux personnes ; c'est donc également un symbole d'échange, de communication, de générosité.

2 - Elle est associée à l'élément de l'eau.

3 - Les talents de la Coupe sont l'intuition, le psychisme, la créativité, les arts.

## Testez vos connaissances !

| | Vrai | Faux |
|---|---|---|
| Une carte peut se diviser en quatre parties. | | X |
| La Coupe est renforcée par le côté actif. | | X |
| Le 10 de Coupes représente une joie issue d'un succès dans le monde concret. | | X |
| La Reine de Coupes retient sa part émotionnelle. | √ | |
| L'As de Coupes invite à se saisir du moment présent et à en profiter. | √ | |

# 8 - Étude d'un symbole : La Mort, le cycle

## À vous de jouer !

Dans ces questions, tout est affaire d'interprétation. Si vous lisez autre chose que moi dans ces cartes, suivez votre instinct !

À quelles capacités, quels talents, associez-vous La Mort ?

*Transformation, profondeur, retrait, analyse.*

À quelles capacités, quels talents, associez-vous le cycle ?

*Création, temps, fluidité, accueil.*

## Cas pratique

Passé : 8 de Pentacles - Présent : La Mort - Futur : 9 de Coupes

Par le passé, Michaël a investi beaucoup de son temps à développer son projet. Il a été très centré dessus et a mis un point d'honneur à faire évoluer ses compétences.

Le problème, c'est que maintenant, il doit changer sa manière d'aborder les choses s'il veut que ça marche. Avoir développé ses compétences dans son coin, c'est bien, seulement il n'est pas allé à la rencontre de son marché et de ses futurs clients. Il est temps pour lui de rompre cet isolement.

S'il casse son mode de fonctionnement et va vers quelque chose de plus orienté « terrain », il a de grandes chances d'en tirer beaucoup de satisfaction. Attention toutefois : si l'accomplissement émotionnel est certain, Michaël doit aussi penser à ce qu'il veut avec cette deuxième activité. En effet, il n'y a pas de cartes de Pentacles à la fin du tirage, ce qui peut laisser à penser que l'aspect matériel a été négligé ou n'est tout simplement pas un objectif.

## Mots cachés

| | | | | | | | | | | | | | |
|---|---|---|---|---|---|---|---|---|---|---|---|---|---|
| C | V | X | R | Y | G | T | K | F | C | M | M | F | M |
| U | O | G | A | E | S | E | V | U | S | G | X | V | N |
| T | G | C | K | W | N | E | S | I | N | I | L | I | O |
| Y | J | O | O | N | M | A | Y | T | P | G | X | E | O |
| C | K | Y | H | N | I | C | I | K | A | Z | C | K | E |
| S | N | R | U | E | G | A | Z | S | X | T | K | D | N |
| I | O | V | A | L | R | C | Q | S | S | I | I | T | J |
| J | I | I | V | A | O | V | Y | N | H | A | S | O | H |
| O | R | V | S | Q | U | X | O | I | Z | K | N | Y | N |
| E | E | E | T | F | E | Q | Q | L | V | T | C | C | K |
| N | V | O | U | W | W | J | F | B | M | Z | U | U | E |
| R | E | N | O | U | V | E | A | U | F | L | N | E | T |
| T | R | A | N | S | F | O | R | M | A | T | I | O | N |
| Z | N | Q | G | E | E | F | T | G | T | L | O | F | I |

# 9 - Étude d'un symbole : le 4

## À vous de jouer !

Sortez les cartes qui portent le chiffre 4 ou qui font figurer sa symbolique. Quelles sont-elles ?

*La Mort, L'Empereur, les 4 de chaque suite, La Roue de Fortune, Le Monde, La Lune (quatre éléments très présents), La Tour (4 x 4 = 16), Tempérance (4 + 10 soit L'Empereur + La Roue de Fortune), Le Pendu (3 x 4), La Force (2 x 4).*

*Pourquoi, tout d'un coup, je vous sors les multiples de 4 ? C'est intéressant. Si vous prenez L'Empereur (stabilité, vision) et que vous le mêlez à L'Impératrice (créativité, fécondité), vous tombez sur Le Pendu (liens transgénérationnels, patience). Ces deux cartes peuvent vouloir dire que vous allez être parent ou encore qu'un projet demande de la patience pour arriver à maturation, mais que vous avez ce qu'il faut en vous pour y arriver.*

*Si vous prenez L'Empereur x un autre 4. Ça fait 16. La Tour. On n'aime pas trop. Trop de rigidité tue la rigidité, vous perdez en maniabilité, et ça casse. Un peu de souplesse ne ferait pas de mal.*

Dans le tarot, où pouvez-vous retrouver cette logique ? Pourquoi selon vous ?

*Nous retrouvons cette logique dans les figures et dans les quatre suites. Les figures représentent les quatre degrés de maturité de la vie, mais sont aussi rattachées aux quatre éléments. Les suites sont également rattachées aux éléments et aux quatre plans de la vie.*

*Le 4 est donc un chiffre qui se décline aussi à l'extérieur du tarot, à savoir dans la vie quotidienne, d'où son importance dans les cartes.*

À quelles capacités, quels talents, associez-vous le 4 ?

*Bases stables, vision, concret, célébration, officialité, repos, calme.*

Quelles différences faites-vous entre les 4 de chaque suite en termes d'énergie ?

*Du côté yin, le 4 de Pentacles et le 4 de Coupes montrent une énergie en retrait. Le 4 de Pentacles révèle la peur de relâcher la tension, la peur de manquer et la peur de perdre. Du côté du 4 de Coupes, on a affaire à quelqu'un qui ne voit même pas les choses devant lui, peut-être par manque d'estime de soi.*

*Du côté yang, l'énergie est tout autre ! Avec le 4 de Bâtons, nous célébrons, notamment des choses cadrées et officielles (eh oui, le 4 reste sous l'égide de l'Empereur), comme les mariages et les contrats. Et du côté du 4 d'Épées, nous avons un repos bien mérité, mais malgré tout, le personnage est sur ses gardes avec cette épée au-dessus de lui.*

## Cas pratique

4 de Pentacles, Roue de Fortune, 9 de Pentacles.

*Michaël, qui a identifié qu'il voulait gagner de l'argent avec sa nouvelle activité, a peur de se montrer généreux et qu'on le prenne pour une bonne poire. Pourtant, s'il lâche du lest et qu'il apporte de la valeur, il touchera les clients qui lui permettront une réelle avancée et des bénéfices.*

## Laissez parler votre intuition

Convention : faire les choses de manière traditionnelle, ne pas exprimer d'opinion contraire à la majorité.

Matérialiser : rendre une idée concrète (si vous voulez vous mettre au yoga, sortez votre tapis et faites du yoga).

Perspective : voir les choses différemment, aller demander des avis différents du sien, élargir sa façon de penser.

Refus : dire non à quelque chose consciemment (cela peut être de vous à vous ou auprès de quelqu'un).

Saturne : faire preuve de rigueur, tenir un planning.

Célébration : prendre le temps de reconnaître vos victoires quotidiennes, organiser une célébration avec des amis (à distance aussi c'est possible).

Norme : observer quelles sont les normes de votre vie (normes sociales, dans vos groupes personnels et professionnels) et les questionner (est-ce que vous êtes en phase avec ? Pourquoi ?).

Pragmatisme : vous décririez-vous comme quelqu'un de pragmatique ? Votre entourage vous perçoit-il comme pragmatique ? Avez-vous quelqu'un dans votre entourage que vous considérez comme pragmatique ? Que pensez-vous des personnes pragmatiques ?

Ressources : listez les ressources dont vous disposez au quotidien, ce qui vous aide et vous soutient (vous pouvez aussi faire cette exercice avec un objectif précis, comme « quelles sont mes ressources en matière de créativité ? »).

Stabilité : que pouvez-vous faire pour assurer votre stabilité matérielle, émotionnelle, relationnelle ? Êtes-vous à l'aise avec le mot stabilité ?

## 10 - Associer deux cartes entre elles

# À vous de jouer !

**3 d'Épées et 4 de Bâtons :** une célébration qui sera perturbée par une prise de conscience, une révélation peut-être. Quelqu'un qui vient de signer un contrat qui a tout pour plaire, et qui réalise les sacrifices à faire, ou encore une fête de famille devenue difficile à la suite d'une révélation.

**4 de Bâtons et 8 de Coupes :** une célébration qui aura lieu ailleurs. Cela peut être un mariage à l'étranger, dans une autre ville, ou encore concerner une personne qui devra quitter son lieu principal de vie pour réussir.

**6 de Bâtons et 5 d'Épées :** succès qui amène des conflits d'intérêts ou des jeux de pouvoir au sein d'un groupe. Réussite douce-amère. Avoir eu raison, mais à quel prix ?

# Laissez parler votre intuition

Alchimie : la symbolique alchimique enrichit le tarot de bien des manières. À vous d'en décoder les secrets.

Association : vous devez apprendre à associer les cartes entre elles pour enrichir vos interprétations.

Astrologie : la symbolique astrologique est très présente dans le tarot, tant dans les arcanes majeurs que dans les arcanes mineurs qui sont répartis parmi les quatre éléments, comme les douze signes du zodiaque.

Conseil : le tarot pourra être votre guide, être utilisé à des fins de développement personnel et spirituel. Il faudra alors privilégier les questions ouvertes qui commencent par « pourquoi », « comment », pour mieux vous comprendre et pouvoir faire bouger les choses.

Divination : la divination mélange à la fois la prédiction et le conseil. Cette approche est très utile pour la plupart des tirages.

Kabbale : comme l'astrologie ou l'alchimie, la Kabbale teinte aussi le tarot de sa couleur. C'est une discipline très difficile à appréhender pour qui n'est pas initié, mais vous pouvez en trouver les grands principes dans la plupart des livres sur le tarot et sur la spiritualité. C'est une grille de lecture que vous pouvez ajouter à votre façon de lire le tarot.

Narration : pour enrichir votre façon de lire le tarot, imaginez que les cartes racontent une histoire. Elles peuvent être vues comme des bulles de bande dessinée. Un tirage n'est pas juste une accumulation de mots-clés ; c'est votre capacité à narrer les choses qui font un tirage intéressant. Cette approche peut aussi être très utile aux artistes qui veulent développer leur imaginaire.

Numérologie : ça ne vous aura pas échappé, les chiffres sont très présents dans le tarot (sauf sur la carte du Fou, mais même là, cela veut dire quelque chose !). L'approche par la numérologie est la base de l'interprétation des mineurs du tarot de Marseille, mais vous pouvez mettre de la numérologie dans votre pratique avec le Rider-Waite-Smith également. Par exemple, si vous tirez un 4 et un 8, vous pouvez supposer une progression exponentielle, alors que tirer un 9, puis un 3, peut signifier une réduction, un ralentissement. Les chiffres eux-mêmes ont leur signification, et les possibilités de jouer avec les nombres sont infinies.

Prédiction : la prédiction, c'est la capacité de présager des événements à venir. Selon vos croyances, peut-être que vous considérez que le futur (voire le temps) n'existe pas. Ou alors, vous vous refusez à vous lancer dans la prédiction, car vous ne voulez pas influencer les autres. Un tirage influence toujours une personne, c'est pour ça que le consultant vient : il veut être guidé. En revanche, si vous avez vu le mot « prédiction » en premier, vous pouvez vous entraîner à prédire avec le tarot. Ce n'est pas facile et ça vous demandera de bien connaître votre tarot. Vous pouvez commencer par tirer une carte le matin et essayer de prédire un événement de la journée.

## 11 - Le tirage « oui/non »

### Mise en situation

Que pouvez-vous conseiller à Gaspard ?

*Deux cartes sont inversées et suffisent donc à dire à Gaspard que c'est une mauvaise idée pour lui. Le Diable inversé nous indique qu'il a réussi à dépasser des habitudes anxiogènes pour lui. Le 4 de Coupes inversé montre qu'il est dans une sorte de peur de manquer, mais en même temps, il sait que c'est mieux pour lui. L'association 4 de Coupes + 5 de Coupes nous fait penser au « verre de trop » ou à la « fête de trop » : rien de très bénéfique qui dirait à Gaspard de sortir ce soir.*

### Laissez parler votre intuition

Voici quelques questions et idées à explorer :

Abondance : apprendre à donner et apprendre à recevoir (de l'aide, du matériel, de l'argent, des compliments...).

Créativité : créer quelque chose (que ce soit artistique ou non), changer ses routines, résoudre une situation de manière différente.

Nature : passer du temps en nature, s'occuper de ses plantes d'intérieur, observer le cycle de la journée (lever du soleil, de la lune...), écouter le rythme de son corps (pour manger, aller se coucher).

Éclosion : sortir de son cocon, oser montrer/dire quelque chose, observer les fleurs, les plantes.

Amour : donner ou recevoir de l'amour, se traiter avec amour (comme on traiterait un ami, quelqu'un de sa famille).

Fertilité : planter une graine, démarrer un projet, porter une pierre de lune, décorer des œufs (comme pour Ostara et Pâques).

Vénus : prendre soin de soi physiquement, se faire beau/belle, prendre son temps, être à l'écoute de ses sentiments et de ceux des autres.

## 12 - Mise en situation

### Naël - en reconversion

Le 3 de Pentacles montre que Naël a besoin de collaborer, de former, d'échanger. En revanche, on ne voit pas d'enfant sur cette carte. Plutôt un échange entre trois personnes adultes, à l'écoute les unes des autres. Il peut trouver une autre manière d'enseigner, qui lui corresponde mieux à ce moment de sa vie ; ce qui nous est confirmé par le 9 de Coupes. Il doit retrouver sa stabilité émotionnelle, mais rien n'indique ici qu'il doive cesser d'enseigner. Le Page symbolise l'étudiant ; il devra peut-être se former. Le Page de Coupes indique surtout qu'une opportunité vient vers lui, Naël doit rester à l'écoute de ce qui se passe autour de lui.

## Oksana - nouveau départ

Ce premier mois pour Oksana va être marqué de pas mal de paperasse et de tâches administratives à gérer. Elle devra aussi patienter, les choses qu'elle est venue faire dans ce pays d'adoption ne seront pas possibles tant qu'elle ne sera pas bien installée (administrativement et physiquement). Elle aura sûrement un peu de mal à se faire comprendre des autres et aura un sentiment d'isolement au début.

## Marie et Lily - achat d'une maison

Avec deux cartes inversées, ce n'est pas le bon moment pour acheter cette maison. Cette recherche de maison peut être source de tension dans leur couple, elles ont besoin de réfléchir plus amplement à leurs motivations profondes. En effet, avec le 8 d'Épées inversé, elles peuvent avoir la sensation qu'elles se sentiraient plus libres une fois à la campagne et propriétaires, mais ce n'est pas le bon moment pour elles, ou le bon endroit. La Force leur demande de la patience, mais est aussi là pour leur signaler qu'elles ont tout pour être heureuses là où elles sont pour le moment ; ce n'est qu'un délai dans leur recherche.

## Quiz : quel tarologue êtes-vous ?

Vous avez une majorité de ☆

Vous êtes un tarologue d'Épées. Pour vous, le tarot est une suite d'éléments logiques, de probabilités. Votre esprit d'analyse vous permet à la fois de voir rapidement les algorithmes qui reviennent dans un tirage, et à la fois d'observer les réactions de la personne pour qui vous tirez les cartes. Vous parlez franchement, sans y aller par quatre chemins.

Vous avez une majorité de ☼

Vous êtes un tarologue de Coupes. Votre approche est avant tout sensitive, divinatoire, voire prédictive. Vous sentez les choses et vous pouvez parfois les dire de manière très énigmatique. Quand quelque chose vous échappe, le message est flou, et puis, soudain, tout se débloque, et alors c'est un flot d'images et de perceptions que vous transmettez. Vous préférez miser sur votre feeling que sur la logique.

Vous avez une majorité de ☾

Vous êtes un tarologue de Pentacles. Le tarot est une œuvre d'art, et vous l'appréciez comme telle. Son histoire riche, et les symboles qui le composent, vous permettent de faire le lien entre le passé et le présent. Vous fournissez toujours des interprétations détaillées et vous prenez le temps de laisser les choses venir à vous. Vous avez toujours une parole réconfortante pour les gens.

Vous avez une majorité de ❂

Vous êtes un tarologue de Bâtons. Le tarot est pour vous un outil de connexion rapide avec ce que vous avez au fond des tripes : votre instinct. Vous aimez le fait que le tarot puisse être revisité et que ses interprétations puissent évoluer avec la société. Ce qui compte le plus pour vous, c'est de donner un coup de *boost* aux personnes qui viennent vous voir. Vous pouvez être cash, avoir de l'humour, être posé ou encore sérieux, peu importe. Ce qui vous tient à cœur, c'est la possibilité de transformation que le tarot offre aux personnes à qui vous tirez les cartes.

## 13 - Focus sur le... 10 de Pentacles

### Mots cachés

| | | | | | | | | | | | | | |
|---|---|---|---|---|---|---|---|---|---|---|---|---|---|
| I | P | R | O | F | I | T | E | R | G | K | V | H | A |
| N | C | T | R | A | D | I | T | I | O | N | V | S | H |
| V | I | C | H | A | N | C | E | K | J | R | S | O | E |
| E | Q | Q | K | C | O | H | E | S | I | O | N | L | R |
| S | W | R | A | R | E | U | S | S | I | T | E | I | I |
| T | E | A | G | F | Y | X | C | T | I | C | E | D | T |
| I | N | L | D | A | H | E | Y | F | W | C | R | I | A |
| S | T | E | E | M | I | C | J | A | G | N | Y | T | G |
| S | O | N | L | I | M | N | C | Y | N | X | Q | E | E |
| E | U | T | E | L | C | T | U | L | C | M | I | Y | O |
| M | R | I | G | L | H | K | L | M | A | W | C | L | C |
| E | A | R | U | E | B | R | F | N | G | N | S | F | X |
| N | G | W | E | D | P | R | O | P | R | I | E | T | E |
| T | E | U | R | C | O | M | M | U | N | A | U | T | E |

## 15 - Repérer les schémas dans un tirage

### Repérer les schémas dans les tirages suivants

Reine de Coupes, 10 d'Épées, Cavalier de Coupes

*Les deux personnages sont issus de la même suite des Coupes. On peut imaginer une relation romantique, dans laquelle il y a de l'affect et de l'émotionnel. Les personnages se tournent le dos.*

*Au milieu, le 10 d'Épées, sur lequel on peut lire différentes choses : d'un côté, le chiffre 10 marque la fin d'un cycle, de l'autre, les dix épées plantées dans la colonne vertébrale montrent que la structure de la relation est menacée par les non-dits. Le personnage faisant face au sol montre un manque de recul des deux personnages : ils ont la tête dans le guidon, comme on dit, et ont besoin de prendre du recul.*

3 de Coupes, 4 d'Épées, 5 de Coupes

*Ici, on peut voir* une progression numérique, *mais comme elle se termine par le 5 de Coupes, elle ne semble pas très positive : il y aura sûrement des difficultés au niveau émotionnel, des regrets.*

*Le 3 de Coupes, c'est la fête, passer beaucoup de temps entre amis… Mais si la personne ne se recentre pas sur elle et ses pensées, si elle ne se ménage pas assez, elle risque fort de se sentir émotionnellement vidée.*

*On peut lire dans ses trois cartes un profil plutôt introverti, qui a besoin d'être au calme et seul pour se recharger.*

As de Pentacles inversé, 5 de Pentacles, 10 d'Épées inversé

*Ici, nous avons* une progression de multiples de 5. *Le changement va vite. Sur l'As de Pentacles inversé, on voit une pièce tombée de la main, et suivi du 5 de Pentacles, on peut très vite imaginer un mauvais placement ou investissement. Cependant, le 10 de Pentacles inversé montre, comme chaque 10, la fin d'un cycle : ce moment difficile finira par passer. Et si vous observez attentivement la carte, les Épées semblent pousser le personnage vers le haut : ses idées et son inventivité l'aideront à s'en sortir. Et la main du personnage forme un geste de bénédiction.*

## 17 - Focus sur le... Page d'Épées

### Les Pages

| | | | | | | | | | | | | | |
|---|---|---|---|---|---|---|---|---|---|---|---|---|---|
| O | I | E | O | C | Z | C | B | D | O | D | K | G | G |
| P | R | I | N | T | E | M | P | S | P | E | F | C | I |
| Q | P | E | N | F | A | N | T | I | P | C | O | E | T |
| H | Z | D | E | T | R | U | I | I | O | O | M | T | T |
| I | C | G | V | V | A | R | X | Y | R | U | J | U | F |
| P | F | P | H | W | X | R | T | A | T | V | U | D | N |
| O | L | P | R | D | D | O | R | X | U | E | Z | I | O |
| T | S | H | Y | G | B | V | G | Q | N | R | L | A | U |
| E | F | E | C | U | R | I | O | S | I | T | E | N | V |
| N | S | W | A | O | X | W | G | J | T | E | B | T | E |
| T | W | K | O | S | U | N | H | S | E | F | Y | P | A |
| I | R | D | S | X | X | N | O | K | N | N | S | B | U |
| E | I | Q | Z | E | N | R | R | V | O | V | B | K | T |
| L | P | C | P | T | F | J | S | J | L | R | O | A | E |

## Le Page d'Épées dans la vraie vie

Bibliothèque - Analyste de données - Voyages - Débats - Journaliste - Vérificateur de faits - Astrologue - Agent des renseignements

## Le labyrinthe du Magicien

# Notes personnelles

# À propos de l'auteure

Vanessa Sophie, aussi connue sous le nom de Lilith Tarot, est accompagnante. Grâce au tarot et au coaching, elle permet aux personnes avec qui elle travaille de se reconnecter avec leur intuition et leurs désirs profonds.

Vanessa Sophie est également artiste, peintresse, musicienne et auteure.

## Suivez-la sur :

Son site : https://vanessasophie.fr

Instagram : https://instagram.com/vanessasophiecoaching

Facebook : https://www.facebook.com/vanessasophiecoaching

Groupe Facebook spiritualité : https://www.facebook.com/groups/liberelilith

Groupe Facebook coaching : https://www.facebook.com/groups/lesfusees

## Crédits iconographiques :

Les **illustrations** de cet ouvrage ont été réalisées par **Stéphanie Gras**, à l'exception des suivantes :

**Page de titre :** iStock/Marje (fond aquarelle), iStock/Anna_zabella (panneau en bois), iStock/aleksandarvelasevic (végétation), iStock/JDawnInk (feuilles).

**Toutes les pages de leçons-chapitres :** iStock/Marje (fond aquarelle), iStock/Stefan_Alfonso (mouette), iStock/Gastonbolivario (coquillage), iStock/Ceneri (avion).

**Toutes les pages d'exercices :** iStock/Marje (fond aquarelle), iStock/aleksandarvelasevic (mouettes), iStock/Gastonbolivario (coquillage), iStock/kbeis (feuilles).

**Toutes les pages corrections :** iStock/Marje (fond aquarelle), iStock/Gastonbolivario (coquillage).

**Toutes les pages annexes :** iStock/Marje (fond aquarelle), iStock/S-E-R-G-O (planche de surf, panneau, cordes et feuilles), iStock/Stefan_Alfonso (mouette), iStock/Gastonbolivario (coquillage), iStock/pijama61 (végétation), iStock/Anna Erastova (effets traces) iStock/SirVectorr (coquille spirale).

**4ᵉ de couverture :** iStock/S-E-R-G-O (panneau et cordes), iStock/Iana Kotova (motif feuilles).

**Pages spécifiques :** p. 9 et 75 iStock/vi73777 (couronne) ; p. 12, 29, 33 Lilith Tarot (mandalas).

# Dans la même collection

Broché 17 x 24 – Illustrations couleurs – 6,95 €

## La numérologie de Denis Schneider

Tout le monde connaît son signe astrologique, mais savez-vous tout de votre chemin de vie? Venez explorer le côté semi-obscur ou clair-obscur des nombres premiers! Armé de ce cahier – et d'une calculatrice –, balayez vos *a priori* et partez à la découverte des mystères que recèle la numérologie.

## Les runes de Lyra Ceoltóir

Cet ancien alphabet magique et sacré des peuples germano-scandinaves est aussi (et surtout !) une source de pouvoir inestimable et un efficace outil de divination… lorsque l'on sait interpréter et exploiter leurs messages ! Apprenez à déchiffrer les runes à travers des quiz et des jeux.

## La lithothérapie d'Amandine Forestier

Profondeur des couleurs, formes, propriétés et même pouvoirs, les cristaux renferment bien plus de secrets qu'on pourrait le penser ! Munissez-vous d'un stylo et consolidez vos acquis tout en vous amusant ! Que la puissance des pierres soit avec vous !

## À moi le bonheur de Chloé Bonfill

Ce cahier ne vous propose pas de trouver LE bonheur, mais VOTRE bonheur, celui qui vous ressemble. La pleine conscience, l'amour, les besoins, les célébrations, l'audace : chaque chapitre explore un des nombreux ingrédients du bien-être afin que vous puissiez y goûter dès maintenant.

## L'astrologie de Caroline Moye

Que nous soyons sceptiques ou sensibles aux astres, l'astrologie intrigue. Ce cahier lève le voile et répond - avec humour ! - aux questions que vous vous posez. Découvrez l'histoire de l'astrologie, la polarité des signes ; élaborez votre thème astral et apprenez à vous connaître grâce aux étoiles !

## Jeux de l'été (collectif)

Ce cahier unique en son genre, et dont le dessein n'est autre que de vous divertir entre deux pauses farniente, vous invite à tester et approfondir vos connaissances en matière d'astrologie, de numérologie, de magie, de divination, de runes, de médiumnité… Boostez votre savoir… tout en vous amusant !

# Dans la même collection

Broché 17 x 24 – Illustrations couleurs – 6,95 €

## L'intuition de Johanna Hani

Profitez des beaux jours et des ondes positives qui en découlent pour apprendre à repérer les signes et à faire confiance à cette petite voix que vous vous efforcez si souvent de faire taire. Grâce à ce cahier, finissez-en avec les idées reçues sur l'intuition et apprenez à dépasser vos blocages

## Féminin sacré d'Emma Grillet

À travers des jeux et des exercices ludiques, retrouvez votre puissance de femme, menez des actions concrètes pour accomplir vos envies, accepter vos erreurs, exprimer qui vous êtes, développer votre créativité, écouter votre corps, le chérir, le respecter, et faire des autres femmes des alliées au quotidien.

## Booster sa spiritualité de Leona Reading

Ce cahier vous accompagne dans un cheminement sincère et authentique afin que vous puissiez vous connecter à vous-même, aux énergies et à l'Univers pour créer une vie qui vous fait vibrer. Une mise en pratique fun, ludique mais surtout utile. Vivez enfin une spiritualité heureuse au quotidien !